# 東京ディストピア日記

桜庭一樹

河出書房新社

# 東京ディストピア日記

# 東京ディストピア日記　目次

# プロローグ

## 九月三十日（水）

ＣＢＤは大麻の約四十％を占める成分で、精神を落ち着かせる効果などがある。日本国内で違法な成分は入っておらず、合法だ。ただ、このＣＢＤ入りオイルをアルコールと同時に摂取したため、「あれっ、おやっ」という状態に、今なっており……？

# 一 桜咲く

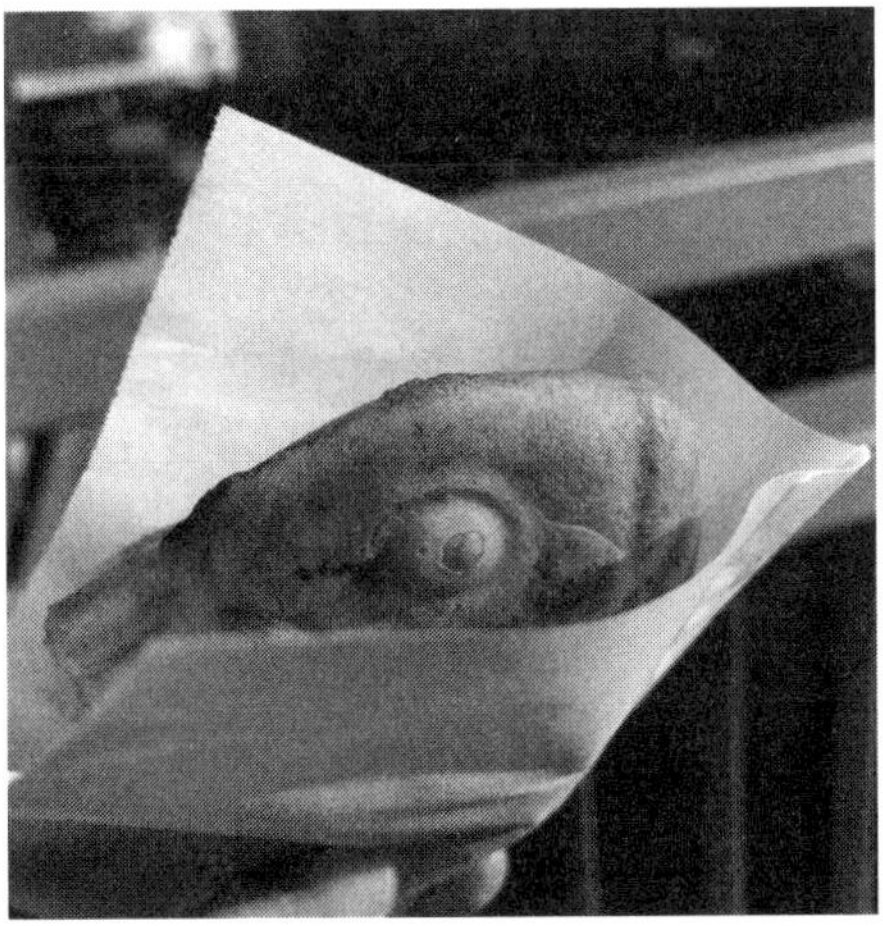

## 一月二十六日（日）

夜になると、ここ数日、東京スカイツリーが真っ赤に光る。調べてみたら、一昨日から中華圏の旧正月が始まり、そのお祝いのライティングをしているらしい。

ここは東東京。隅田川沿いのインバウンドの町。もとは昔ながらのわいわいした下町だったが、成田空港とも羽田空港ともアクセスがよいため、次第にドミトリーやホテルが林立。今やスーツケースを引っ張る海外からの観光客も昼夜問わずひっきりなしだ。飲食店は地元民と観光客でごったがえしている。

今日も、大通りの大型観光バスから中国人団体客がどやどやと降り、免税店の大型ビルに入っていった。混みあった歩道で彼らとすれ違いながら、週三、四回通う、木造二階建ての〝いつものカフェ〟に行き、二階の隅のいつもの席で、仕事をした。店内にもさまざまな国籍の客がいて、スタッフさんは主に英語で接客していた。

寒い夜。真っ赤な東京スカイツリーの下を、川が流れていく。屋形船が幾艘《いくそう》も紫や黄色にきらきら輝いて通り過ぎる。中国の団体客が宴会をしてるのかな？　旧正月のお休みを満喫中だ。

## 一月三十一日（金）

路地裏に、二十七年続く、青い看板が目印の自家焙煎珈琲店があり、おじいちゃんマスターが、娘さんに手伝ってもらって切り盛りしている。額に飾られた手拭いの柄が、季節によってまめに変わる。今日顔を出すと、ねずみ柄の緑の手拭いになっていた。あ、子《ね》年《どし》だからか。

週二回ほど通っているのだが、マスターはさいきん「そろそろやめたい」とよく言っている。古参の常連さんによると、「ホットケーキやスパゲティーを作るのはもうしんどいなぁ」とも話していたそうだ。そう聞いてから、わたしもコーヒーだけ頼むようになった。

奥のカウンター席では、近所のご隠居さんが、マスターの娘さんと「ヒトコブラクダとフタコブラクダのどっちがいいか」という話題で熱く議論していた。窓際のテーブル席では、問屋の若い衆五人組が、大声で〝漢気《おとこぎ》ジャンケン〟しているところだ。勝った人が全員ぶんのコーヒー代を払うのだ。負けた人じゃなくて勝った人というところが面白いなぁと、いつも思う。

帰り道、川沿いの十字路で信号待ち。街路樹のボケの花が満開だったので、思わず写真を撮ると、隣にいた女性も一緒に撮り始めた。「きれいですねぇ」と言われて、「ほんとですねぇ」と答える。この町では、こうして知らない人とふと立ち話になることがけっこう多い。

下町らしいとも、いや、ちょっと海外っぽいのかなとも感じる。引っ越してきて四年経つが、こういうところも、気に入っている。

## 二月八日（土）

中国で猛威を振るう新型コロナウイルスのニュースが毎日流れるようになった。去年、中国に新聞小説の取材に行ったとき、お世話になった同世代の女性ガイドさんのことが気にかかっている。ご家族で北京在住、お母さんは長春で一人暮らしと聞いたが、どうされているか……？

今週月曜、横浜港に豪華客船ダイヤモンド・プリンセス号が寄港したが、先月香港で下船した客が感染しており、船内で拡大。乗員も乗客も船から降りられなくなり、連日のニュースになっている。じつはわたしは、同じ日にブエノスアイレスを出る南極ツアー船の体験取材の依頼をいただき、新聞連載中なので泣く泣く断ったのだが、引き受けて出発された別の方が、さっきSNSで「急病人が出て途中の島まで戻ることになった」と発信され、「もしやコロナでは……？」と急に怖くなったところだ。

しかし、近所には相変わらず、スーツケースを引っ張る海外からの観光客がたくさんいる。三日に一度はホテルまでの道を聞かれている。東横イン、アパホテル、ドミトリー……。飲食店や免税店にも観光客がひしめいているなぁ。

## 二月二十二日（土）

春一番が吹いた。季節が変わっていく。

川沿いを歩くと、屋形船は開店休業状態で、艀《はしけ》につながれ、冷え冷えと揺れている。川面は静かで、寒々としている。

一月十八日に、屋形船でタクシー会社が行った新年会で感染が広がったことがわかり、予約キャンセルが相次いでいるのだ。おそらく中国からの団体客を乗せたとき、船員に感染し、つぎの客へと広がったのではと推測されているが……。つまり、先月わたしがのんきに赤い東京スカイツリーと光る屋形船を眺めていたときには、すでに感染している船員さんがいたということか？

道ゆく人にマスク姿が増えてきた。バタ屋さんが町中で集めた段ボールを積む裏通りの一角を通ると、「マスク」と書かれた段ボールがギシギシと山積みになっていた。おじいちゃんマスターの喫茶店も、マスクの話題で持ちきり！　常連さんから「角の薬局で残りわずかだった」と聞き、わたしもあわてて買いに行く。でも使い捨てマスクは売り切れで、スマホを取りだしAmazonの在庫を調べたが、すでに高騰。仕方なく、棚に残っていたウレタン製の黒マスク三枚セットを買ったりした。

日本や中国や韓国など東アジアの国々では、こうしてみんなマスクをつけ始めている。その一方、ＷＨＯ（世界保健機関）は「マスクに予防効果はない」と発表したりしている。

そんな中、わたしは今週は、自分にしては出かける予定が多かった。観劇、打ち合わせ二件、映画鑑賞、会食……。そして土曜の今日は、国立劇場に文楽を観に行った。が、文楽のチケットを取ってくれた友達が、座席から見回し、「ねぇ、チケット完売だったのに四分の一ぐらいきてないよ」と囁《ささや》くので、はっとした。確かに空席が目立つ……。それに、普段は高齢な客が多いのに、若い人の姿のほうが多い。高齢者が外出をとりやめつつあるのかな？

友達が「マスクがもうない」というので、うちに四枚残っていた使い捨てマスクを一枚あげた。自分のぶんも残り少ないが、ま、来週か再来週にはまた店頭に並んでいるだろうし。

## 二月二十四日（月）

神社の境内で、気の早い桜が咲いていた。春だ。
天皇誕生日の三連休の最終日。近場で買い物したりして、のんびり過ごす。

## 二月二十五日（火）

三連休が明けた。町を歩くと、マスク姿の人がどっと増えている。歩行者も、お店の従業員も、宅配便配達員も、マスク、マスク、マスクだ。

妙に静か。パンデミック直前の不気味な静寂と感じる。空気がピンと張りつめ、硬く、冷たい。

このあと数週間はもしかしたら大変かもしれない、と急に気づいた。

落ち着いたら旅行に行きたいなぁ、と思いながら歩く。

## 二月二十六日（水）

午前中から、コンサートや演劇の休止、延期のニュースがどんどん流れてくる。映画館、博物館、美術館もつぎつぎ閉鎖に。

わたしは「週刊文春」で映画評を連載しているので、紹介する作品が変わる可能性が出てきて、バタバタになる。あっ、今週行こうと思っていた「ハマスホイとデンマーク絵画展」も閉鎖か。もう、何が何だか！　先週までは、映画、演劇、文楽と、出歩いていたのに、こんなに急に変わるとは！

## 二月二十七日（木）

夕方、全国の小中高校が臨時休校になるという発表があった。

## 二月二十八日（金）

夕方六時過ぎ、北海道知事が、自治体独自の緊急事態宣言の会見を行った。北海道では、先月二十八日に一人目の感染者が出て以来、じわじわ増え、昨日六名の集団感染が確認されたのだ。「この週末は不要不急の外出を控えて」とのこと。

東京も、ここにきて急に外出し辛い空気だ。週三、四回行く〝いつものカフェ〟に顔を出すと、客はマスクをし、席を空けて座りあい、なるべく声も出さない。わたしはウレタン製の黒マスク三枚しか手持ちがなくなり、洗っては使っている。というか、マスクどころか、トイレットペーパーも買い溜めが起こって売り切れ！　物流への不安が増している。

カフェからの帰り道。たいやき屋の前にずらりと行列ができていた。そうか、外食を避け、持ち帰れる食べ物を選ぶのだな。つられて並び、一尾買い、歩きながら食べようとしたら、マスクにたいやきの口がブスッと突き刺さった。あっ。……どうもマスクしてることにまだ慣れてないようだなぁ。

## 三月一日（日）

日曜の朝。東京マラソンの日。

外を歩くと、大通りの一部が走行コースになっており、横道もあちこち通行止めだ。沿道にまばらに人がおり、揃って寒そうに首を縮めている。

　一般参加者なしでエリート走者のみの開催となり、例年の賑わいがないのだ。物々しい通行止めと、人の少なさが、異様な光景と見える。と、ちょうどトップ集団がやってきた！　立ち止まって、みつめた。こんな間近でエリート走者の疾走を見るのは初めてだった。走ることにかけて生きている人たちが風のように通り過ぎた姿に、心が動き、何かわからないがふと涙が出た。

　昔ながらのパン屋に入ると、トレイにずらりと並ぶ惣菜パンが、感染予防のためか、全部袋詰めにされていた。あぁ、なるほど、と思う。店の奥さんと常連さんが「娘が都立高に受かったのよ」「あらーよかったわねぇ」「ええ、私立とじゃ学費が違うからねぇ」と喋っている。そうか、そんな季節か、もう春だった、と思いだす。神社で気の早い桜が咲いてるのを見たのはいつだったっけ？　そう首を傾げながら、焼きそばパンとタマゴサンドを買った。

## 三月四日（水）

〝いつものカフェ〟が、感染拡大を受け、今週臨時休業に。そこで今日は〝ホテルのラウンジ〟で仕事している。

元は幽霊ホテルのような四階建てのビジホだったが、東京オリンピックに向けてリノベされ、先月半ばリニューアルオープン。一階に、薄緑とレモンイエローのストライプの壁が目印のこぢんまりしたラウンジ兼カフェができ、二十代半ばの女性バリスタさんがおいしいコーヒーを淹れてくれる。

おや、ここでも、客どうしで気を遣い、離れて座るようになってきたな。カウンターに12345と五席あるうち、1と3と5に座り、2と4は空ける、というふうに。

レモンイエローの丸いカフェテーブルにつき、黙々と仕事していると、バリスタのお姉さんが「お待たせしました。今日のコーヒーはイエメンのモカ。甘い香りで……」とコーヒーを持ってきてくれた。「おいしいけど、イエメンで内戦が起こり、今では買えなくなった豆です」「えっ」と驚く。「じゃ、もう同じコーヒーは飲めないんですね」「そうなんですよー」と話す。

イエメンのモカを飲みながら、新聞連載（『火の鳥』）の資料を読んでいる。と、隣の席の二十代男性の傍に仲間がどやどやと集まってきた。「緊急事態宣言！」「緊急事態宣言！」と言い、怒っている。気になってスマホで検索すると、〝政府が最長二年の緊急事態宣言を可能にする特措法を通そうとしている〟というニュースだった。男性たちは「日本は大変なことになった」「あんな馬鹿な奴を首相にして。場当たり的でやることに根拠がない」「普通にあいつ殺せばいい」「それがいいぃぃー！」と、どんどん大声になっていく。

読んでいる資料が、昭和史の〝血盟団事件〟や〝二・二六事件〟のものだったので、本の中の「一人一殺っ！」「天誅ぅ！」という怒声と、リアルに聞こえる会話が、耳の奥でぐわんぐわんシンクロする。

そのあと、みんなバイクできたらしく、駐禁の話題に変わった……。

昼過ぎから、中央の薄緑のテーブル席で、二、三十代の男女三人組が、スカイプも使い、ファッションショーの企画会議を始めた。コロナのせいで各種イベントが軒並み延期になり、自分たちのショーも、秋にリスケするか無期延期かをもう決めなくてはいけないらしい。

昭和史の資料を読みながら、会議の声も、つい聞く。若者たちが未来を予言する声が響く。「世界のグローバル化にブレーキがかかる」「リーマンショックのような世界的な景気後退も起こるだろう」「国内経済は四月に最も落ちこむ」「そのまま続くか、秋ごろ回復するかまだわからない」「オリンピックが開催されるか否かがおそらく五月に判明。その結果に合わせ、都度、予測を修正する必要があり……」など。

場当たり的な対処ではなく、〝根拠ある推測をもとに最悪の状態をサバイブする〟という姿勢が伝わってくる。現状は厳しいが、若い世代は賢く強い人たちなのだなとも思った。

## 三月六日（金）

　自宅で新聞連載の原稿を書き進め、夕方、路地裏のおじいちゃんマスターの喫茶店に息抜きに行った。オレンジ色のステンドグラスの扉を開けると、常連さんたちが、今日も集《つど》っていた。ドラマ『俺の話は長い』の最終回近くの台詞を、ふっと思いだした。「俺は（いつもの店で）いつものコーヒーが飲みたいんだよ」というの。みんな、ホッとしたような顔をしているが、同時に、少し緊張しているようにも見えた。

〝東京オリンピックの開催〟と〝トイレットペーパー買い溜め〟についての話題が飛び交う。なんと、この町ではまだトレペを売ってないのだ。ご隠居さんが「まっ、尻なんてモンは拭けなかったら洗やぁいいんだよ。なっ」と意気軒昂であった。

　日に日に静かな緊張感が高まっている。今週から、マンションのエレベーターで行きあう住人どうしが挨拶をしなくなった。でも両手が荷物でふさがっているとドアを押さえてくれたりするので、冷たくなったわけではなく、飛沫を飛ばすのを避けてるのだろう。また、わたしは犬を飼っているのだが、エレベーター内で他の住人に寄っていきたがることがあるので、散歩に連れだすときはキャリーケースに入れるようになった。ほどなく〝香港でポメラニアンが感染！〃というニュースが流れ、あっ、やはりキャリーケースで正解だったと思った。

この日。おじいちゃんマスターの喫茶店からの帰り道。寄り道し、古い橋を渡る。そのとき、空に飛行機雲を見た。

思わず写真を撮る。と、三メートルぐらい離れたところに知らない女性もおり、スマホを空に向けてカシャカシャ撮影していた。

ふと、目が合う。

きれいですねぇ、と話しかけようとして、やめた。声を出すことを遠慮したのだ。

それから、うちに帰りたいような、まだしばらく外にいたいような、よくわからない気持ちを抱え、空を見上げた。傍の女性も黙って空を眺めていたが、いつのまにかいなくなっていた。

## 三月七日（土）

一ヶ月前は、北京のガイドさんの心配をしていたというのに、いまや日本や韓国の感染者が増え、状況が変わりつつある。

一昨日、日本政府が中国と韓国からの入国制限を発表。これに韓国が反発し、同日夕方には、日本人が韓国に入国するときビザが必要になるよう変更された。すると真夜中、ＷＨＯが「日韓は政治的な争いを避けるように」と表明した……。

　また、イタリア、イラン、アメリカなどで感染が拡大。いまや中心地は中国ではなくなりつつある。

　そんな中、タレントの渡辺直美さんが、「ニューヨークに借りたアパートメントを退去するため、近々渡米する予定だったが、来週には日本からアメリカに入れなくなっているかもと心配になり、もう行くことにした」とＳＮＳで発信したのだが、数時間後、ニューヨーク市が「日本からの帰国者は自宅待機せよ」と表明。渡辺さんがどうなったか、ちょっと気になっている。

　わたしはというと、今週は、薄緑とレモンイエローの壁の〝ホテルのラウンジ〟で、粛々と仕事するばかりだ。

　数日前、厨房で、バリスタのお姉さんがパン切りナイフの柄を両手で握りしめ、真剣白刃取りのような凄い気合いで、何かを切っていた。思わず「どうしました？」と聞くと、「新メニューの〝レモンとオレンジのパウンドケーキ〟です。どうしても斜めに切っちゃうので、まっすぐカットしようと思って」と言っていた。

　そして今日も〝ホテルのラウンジ〟にきたのだが、お姉さんはお休みで、べつのバリスタさんがいた。パウンドケーキがメニューに加わったことを思いだし、注文した。しっとりしていてなかなかおいしい。

食べながら、ふと、ちょっと斜めにカットされていることに気づいた。

その瞬間、いないはずの人の気配が生き生きと蘇り、「あぁ、人間だ。ここに人間がいるぞ」と思った。

## 三月八日（日）

世界二十七カ国が日本からの入国制限を、六十三カ国が入国後の行動制限を決定した。

イタリアでは、ミラノやベネチアを含む約千六百万人の居住地域が封鎖された。運動施設や美術館が閉まり、結婚式や葬式も不可となり、飲食店では一メートル以上離れて座ることになった。

アメリカのニューヨーク州も非常事態宣言を行った。

国と国、国内でも地域ごと、時には地域の中でも、人の行き来が難しくなってきた。

これは、さいきん生まれた、奇妙な感覚なのだが……。

友人、常連さん、いつもの店員さんなど、知っている人は〝安全〟な気がし、そばにいてもリラックスしている。一方、知らない人が近くにいると、なぜか緊張する。自分が知らない人側の立場になったときも、相手の緊張やかすかな嫌悪を察知し、居心地が悪くなる。だから、元から親しい人と会ったり、いつもの店に顔を出すほうが気楽になってきた。

今日は美容院に行ったのだが、美容師さんも「うちは常連ばかりだから安心だよ」と言っていた。

でも、この感覚に、医学的な根拠はないのだ。そう頭では理解できるのに、感覚だけ勝手に進んでいってしまう。

もしや、こんなふうに、非常時を経て、自分も分断や差別意識の当事者になっていくのだろうか？　知らない人や異文化を嫌悪する、他者への思いやりや想像力を一切持たない人間に。……いや、まさか！

今夜の東京スカイツリーは鮮やかな青色に光っている。

# 二　日常の終わり

## 三月九日（月）

世界の株価が下落！　ニュースが駆け巡る。

木造二階建ての〝いつものカフェ〟が営業再開したので、行ってみた。客どうしテーブル一つずつ空け、静かに座る。おやっ……？　MacBookで何か書いたり、スカイプで会議したり、二人組で打ち合わせする人が増えたな。オフィスがテレワークに移行しつつあるのかな？

通販の利用も増加し、マンションのゴミ置場には段ボールが山積みだ。という自分の生活も、通販頼みになりつつある。

マスクはまだ店頭に戻らず、通販価格が高騰。ついには政府がマスクの転売規制を施行することに。でも、どこにも売ってない割にはみんなマスクしてるなと思っていると、知人たちが「夜中のドンキにあった」「早朝のコンビニで買った」「キヨスクで見たよ」などと教えてくれた。って、もはや都市伝説みたいなマスク目撃談じゃないか！

一方台湾では、身分証を使って国民一人一人が一定数のマスクを購入できるアプリが開発され、若き天才ＩＴ大臣オードリー・タン氏の活躍ぶりが日本でも話題だ。わたしは、日本にも有能な若い人が多くいるのに、責任ある立場に抜擢されていないのでは、という憤りも感じる。

多くの学校が休校になり、公園にも道路にも子供がいる。こうなる前は、休日など、夫婦と子供の家族連れをよく見たが、さいきんはお父さんかお母さんのどちらか片方が子供を連れている。テレワークや家事をするほう、子供の世話をするほうと、夫婦で役割分担してるのだろうか。毎日のことで、すごく大変だろうと思う。

## 三月十三日（金）

インタビューが一件あり、出かける。

帰り、川沿いにある〝クラフトビールのバー〟で一休みし、仕事の残りを片付けた。この店にもテレワークの客が増え、モノトーンのお洒落なスウェット姿でビールを飲みつつMacBookを操っている。

仕事しつつ、ニュースも気になって、やたらスマホを見る。なにしろ昨日は〝アメリカ激動の日〟だったのだ……。

俳優トム・ハンクス夫妻の感染がわかり、世界がどよめき、続いてＮＢＡの選手も感染判明し、試合中止に。トランプ大統領は国家非常事態宣言を出し、欧州からの入国制限などを演説。ニューヨーク市も非常事態宣言。ハリウッドの映画撮影、公開、映画祭開催の延期も続々決定。ロス在住の人によると、翌朝スーパーに人が押し寄せ、冷凍食品やシリアルが売り切れたという。

ヨーロッパでも、イタリア全土に移動制限が。チェコ在住の画家さんがＳＮＳで「国境封鎖された！」と言っている。わたしは、そうか、大陸は地続きだから、渡航制限じゃなく国境封鎖なのか、と今さら気づいた。

世界中のディズニーランドが閉鎖。中国以外の世界のアップルストアも閉鎖（我がMacBookよ、いま故障するな……と世界中の人が思っているだろう……）。

カナダの首相夫人が、仕事で訪れたロンドンから帰国後に感染が判明。首相も自主隔離することに。スペインでは閣僚が感染し、同席した王室メンバーも検査を受けた。

こうして、欧州とアメリカで日に日に感染拡大する一方、中国では一日の感染者数が一桁まで減ったと発表された。今や中心地は東アジアではなく、欧州とアメリカなのだ。

さて、〝クラフトビールのバー〟で資料を読み続けていると、近くの席に女性二人組が座った。片方が誕生日らしく、ワインをボトルで頼んで、「お誕生日おめでとう！」「ありがとう！」と乾杯し始めた。

バーは、先月までよりだいぶ空き、がらんとし、なんだか肌寒く感じられる。店員さんも、わたしも、テレワーク中の客たちも、心の中だけで黙って、（お誕生日おめでとう……！）と思っている。

## 三月十六日（月）

土曜の夜、パリの街はお祭り騒ぎだったという。

夜七時、フィリップ首相が「今夜零時から飲食店閉鎖」と、とつぜん発表。最後の夜だと、カフェに客が押し寄せ、お酒を飲んだりご馳走を食べたりと堪能！　翌朝、カフェは閉まり、通りは閑散とし、食料品店に買い物客が押し寄せた、と……。

欧州では、スペインとポーランドでも非常事態宣言。十カ国が国境を封鎖。ギリシャではパルテノン神殿が閉鎖され、五輪聖火リレーが中止になった。

フランスでは、外出制限違反は罰金刑と決まり、マクロン大統領は「ウイルスとの戦争状態」を宣言。一方イギリスは〝多くの国民を感染させて国全体で集団免疫を獲得する〟という正反対の方向を選択。これには国内の科学者も賛否両論だという。

どちらの国でも、ルイ・ヴィトン・モエ・ヘネシー社（ジバンシィやディオールやブルガリなどが傘下）が除菌グッズを製造し保健当局に渡したり、フォード社やロールスロイス社が医療器具を製造したりと、確かに戦時下の如き様相になってきている。

アリアナ・グランデ、テイラー・スウィフト、ビリー・アイリッシュ、メッシなどのセレブが、ＳＮＳを通じ、ファンに「ステイ・ホーム！」と呼びかけ。

イタリアでは、移動制限中の市民がバルコニーで見事なオペラ歌唱を披露し、近隣住民の拍手喝采を浴びる動画がSNSで拡散された。それを見たドイツ人が「ベルリンでやったらうるせぇぞーって怒鳴られそう」とコメントするのも、日本から読め、わたしはSNSってすごいなと思った。

オランダでは、ロックダウンに備え、大麻カフェの前に長い行列ができたところだ。そのころアメリカでは、治安悪化を警戒してか、銃ショップの前に列ができている……。

そんな中、東アジアの片隅の日本の感染者数はというと、妙に緩やかな増加を見せている。検査数が少ないから数字に表れないだけとか、政府が東京オリンピックを開催したいために少なく見せているんじゃないかという説も囁かれるが。果たして……?

夕方、近所をぶらぶらし、大きな橋を渡った。足を止め、川面を見る。すると川は、しーん、としていた。先週まではわずかな客を乗せた観光クルーズ船が航行していたが、どうやら運休になったようだ。

静かな川面で、無数の海鳥がのんびり羽を休めている。

## 三月十七日（火）

日本時間の昨日深夜。G7（先進七カ国）首脳テレビ会議が開催され、安倍首相が「東京オリンピックは完全な形で実現する」と主張した。他国の誰も積極的に「ダメ」とは言わず。一夜明けた今朝、首相は国内に向け「Ｇ７の支持を得た」と発表した。

世界の状況を見ると、四ヶ月後に開催なんてとてもむりだと思うけど……。ちょうど、太平洋戦争の資料を読んで、「なぜ日本は国力で勝てる見込みがない対英米戦争を始めたのか？」と考えていたので、まぁ単純に一緒にしすぎるのは危険だが、「もしかしてこういうところが原因だったかも……？」と少し思っている。

お昼過ぎ。大通りを歩くと、背中に〝厚生労働省〟とロゴの入ったジャンパーを着た男女三人組が、路上にノートパソコンを設置して何かしていた。通り過ぎながら、覗くと、画面に〝ドローン試験飛行中〟とあった。「ド、ドローン？」とつい空を見上げキョロキョロする。外出制限中のスペインの上空をドローンが巡回し、歩行者をみつけては注意するというニュースを見たばかりなので、「日本もああなるのかな？」と首を傾げる。

と、頭上から「ヨーイ、ドン！」と男性の大声がした。見上げると、歩道橋の上で、お父さんが小学生ぐらいの息子に駆けっこの練習をさせていた。向こうにつくと、「ヨーイ、ドン！」で、また戻ってくる。息子はきゃっきゃとはしゃいで走っている。

昔ながらの洋食屋に寄り、遅めのランチの牛カツ定食を食べる。と、裏口から晴れ着姿の若い女性が飛びこんできた。オーナーの娘さんで、卒業式が中止になったから写真館で記念撮影してきたとのことだ。店内がパッと華やぎ、常連のおじいさんが立ちあがって「わぁぁー」と声を上げた。

あぁ、いま春だったんだな、とまた思いだす。

歴史には、正史（国家による歴史）と、稗史《はいし》（我々庶民の日々の歴史）があるという。

いまの、不安で寄る辺ない、この一日一日こそ、かけがえのない稗史なのだと思う。

## 三月十九日（木）

一仕事終え、おじいちゃんマスターの喫茶店で一休み。マスターの軽い口笛が響く。

今週、国内の空気は日に日に明るくなったと感じる。どうも、海外のような感染拡大とはならないようで、きっとこのままみんなで気をつけあって暮らせば終息させられるだろうと楽観する気持ちになりつつある。

北海道の緊急事態宣言が終了。帝国劇場などさまざまな劇場では、上演が再開されることになり、新演目の開演も続々発表されている。

中国の武漢では、昨日、一日の感染者数が初めてゼロになったという。中国ではすでに終息しつつあり、日本もそれに続く、のだろうか……？

チェコ在住の画家さんが「日本滞在中の欧州の人たちが、なぜこの国では感染拡大しないのかとしきりに不思議がっている」という。フランス在住のフリーアナウンサー中村江里子さんは「数週間前はパリから日本の心配をしていたのに逆になってしまった」とSNSに書かれていた。

アメリカで近々〝国防生産法〟が発動されるらしい。これは民間企業に必要な製品（今ならマスクや人工呼吸器）の生産を強制する法律で、一九五〇年の朝鮮戦争のとき作られた。トランプ大統領は自らを〝戦時大統領〟と呼び、今は戦時下との認識を示している。ニューヨーク州のクオモ知事も「我々は戦争を戦っている」と述べ、一九九〇年のイラク戦争で使われた海軍の病院船《コンフォート》の受け入れを発表。またカナダはアメリカとの国境を封鎖した。

ドイツのメルケル首相は「第二次世界大戦以来の試練だ」と国民に呼びかけ。

ハワイ州知事は「いまは旅行にこないでほしい」と異例の会見を開き、訴え。

そんなふうに、国内と世界との温度差がすごくあるので、マスクをしてのほほんと過ごしながらも、どこかで「ほんとかな？　この大丈夫っぽい空気は……」とかすかな不安も感じている。

外出禁止中のスペインで、恐竜の着ぐるみを着てゴミ捨てに出た男性が、警官にみつかってめちゃくちゃ怒られている動画がSNSで拡散されている。この着ぐるみはAmazonで五千円ぐらいで買えるらしい。パーティーの余興用に買ったものなのかな？　まさかこんな状況で着ることになるとは、そのときは思いもしなかっただろうなぁ。

## 三月二十日（金）

今日は春分の日。三連休の初日だ。

夜中の強風で、駅前の自転車がダイナミックになぎ倒されていた。天気もよく、ぽかぽかと暖かい。

イタリアでの犠牲者数と感染者数が中国を上回ったというニュースが流れている。現場の医師が足りず、医学生も動員され、火葬のために軍も協力に乗りだした、と。

しかし、なぜイタリアでこんなにも感染爆発したのか？　中国と同じく、外出禁止や渡航禁止などの措置をしたのに？　一説によると、国民性の違いがあるという。国家による強制が、国民の抗議行動に繋がってしまったと。それも一因かもしれない。でも、なにしろ歴史の渦中におり、まだなにもわからないとも思う……。

一方イギリスでは、〝集団免疫をつけて緩やかに終息させる〟方法をやめ、他国と同じロックダウンに舵を切った。代わりに、企業が社員を解雇しないよう、給与の八十％を政府が補助することに。

アメリカで働く人から「一時解雇《レイオフ》された」とよく聞くようになった。カナダのサーカス団シルク・ドゥ・ソレイユも、九十五％にあたる約四千七百名を一時解雇。また、アメリカの大手車メーカー三社が、社員の安全のために全工場の生産を中止したとか、ニューヨークなど五州で全企業がテレワークを命じられたなど、さまざまなニュースが流れてくる。

日本はというと、欧州など海外からの帰国者の感染判明が相次いではいるものの、文部科学大臣が「小中高の休校を延長しない」と発表したり、としまえんなど首都圏の遊園地が営業再開されることになったりと、日常が一つ一つ戻ってきている。中国での作業の遅れから、アニメ番組の放映が延期されたり、中国からの資材の遅れ（システムキッチン、トイレなど）から、ビルの建設が滞ったりするなど、間接的な影響はあるものの……。

今朝から、近隣のドミトリーやビジホに国内観光客の姿がどっと増えた。〝ホテルのラウンジ〟も、宿泊客の朝食時間の終わりごろに行ったため、バタバタしており、受付カウンターにチェックインかチェックアウトの客が五、六組並んでいた。カップルや女性二人組が多い。みんなお洒落し、一、二泊用の小型キャリーケースを持っていた。

春になってきたし、国内旅行かな？　都内の劇場が開き始めたので、遠征組かもしれないなぁ。

## 三月二十二日（日）

春の陽気の三連休最終日。最高気温は二十五度で、かなりあったかい。

この週末、引っ越しトラックをたくさん見る。そうだよな、移転のシーズンだよなぁ……。

町の空気は明るい。マスクしている以外は前の生活に戻ったような気分にもなる。

しかし、世界の状況はどんどん進んでいるようだ。ロックダウンの地域が増え続け、その余波で、Netflixの会員数が全世界で二十五%も増えた。欧州では、視聴激増を受け、画質を落とすことでデータ量を二十五%削減しているという。

Amazonは、生活必需品の配送を優先させるため、イタリアとフランスで一部商品を注文不可とした。

そのころオランダでは、医療相が議会中に極度の疲労で昏倒。翌日辞任した……。

ドイツでは、外出自粛を呼びかける政府を尻目に、屋外に数百人集まり、大音量の音楽をかけ〝コロナパーティー〟を開いているところだ。

わたしはこの夜八時ごろ、川沿いの〝クラフトビールのバー〟に行き、仕事の続きをした。ふと、マスク生活になって一ヶ月以上経ったのだと気づいた。あぁ、一ヶ月前まで、まさかこんな生活が続くとは思いもしなかったなぁ。そのあとは、いまのヨーロッパやアメリカのような状態になるかもと、心をよぎったりもした。でも、いまはそのどちらでもない曖昧な時間をみんなして漂っている。この時間がまだしばらく続きそうだ。

夜が更けるにつれ、遊びにきたグループが増え、あちこちで笑い声が響き、店内は先月までのように華やかに賑わい始めた。

仕事の手を休め、スマホで、アイルランドで一人の演者が劇場でたった一人の観客の前で演技し、世界にストリーミング配信したというニュースや、カンヌ映画祭が延期になって、会場が臨時のホームレス保護施設になったというニュースを読む。

それから、バーのフロアを、見渡した。

若い客が多く、八〇年代や九〇年代のリバイバルファッションで談笑している。前髪長めの刈り上げショートに、大振りの銀の輪っかのイヤリング、ハイウエストのボトムにオーバーサイズのスウェットシャツをイン。まるで、映像や漫画でしか知らなかった八〇年代のTOKYO CITYにタイムスリップしてきたような気持ちになる。あ、楽しい、とふと思う。

流行っていいものだなぁ。

いまみんながここに生きているということだ。

## 三月二十三日（月）

雨まじりの朝。急に寒く、戸惑う。

三連休が明けると、突然東京オリンピック問題が動きだした。ＩＯＣのバッハ会長が「延期を検討する」と表明し、日本の安倍首相も「ＩＯＣの決定に従う」と発言。どうやらようやく延期が決まるようだ……。

友人が「ねぇ、ということは、日本は『五輪を開催したいから感染者が少ないふりを続ける』必要がなくなるんじゃない？」と言いだした。わたしもはっとし、「そうだね！　もしかしたら、東京も外出禁止や営業禁止になったりして」と答えた。まぁ、まだどうなるかわからないが。

それにしても、気温が低い。一日曇りのせいか、ぐっと空気が重苦しくなったと感じる。そう、まるで先月のあの日……二月二十五日みたいじゃないか、と。三連休が明けたと同時に、冷たく硬い町に変わり、「マスク姿の人が増えた」「まるでパンデミック直前のような静けさ」と思ったのだ……。

と、そんなことを考えていると、政府が「緊急事態宣言を実行する〝新型コロナ対策推進室〟を設置する」と発表した。とはいえ、日本の法律では、海外のような強制的なロックダウンは不可能らしいが……。続いて小池都知事も会見し、「首都封鎖もありうる」と大型イベント自粛を要請。都に助言する専門家は「あと三週間は警戒した生活を続けなければならない」と発言した。

なんだか、ついさっきの友人との話通りの展開になりそうで、えーっと思う。

町から、楽しげな宿泊客の姿が急に消え、薄緑とレモンイエローの壁の〝ホテルのラウンジ〟も冷え冷えと空いている。わたしは帰り道に花屋に寄り、赤いミニバラや紫の都忘れなど、花の鉢を衝動買いし、帰宅して、ベランダに並べた。それから、なぜか熱心に窓拭きをし始めた。むっ、なんでだろう……？

寝転がり、欧州在住者のnoteの日記を読んだ。ロックダウン中、自室で料理やダンスをし、日々を前向きに過ごす様子が伝わってくる。ネットニュースでも、幅七メートルのベランダを六千往復してフルマラソンの距離を走りぬいたフランス人や、閉園してストリーミングサービスのみになった動物園のカメラ前で見事なダンスを披露してバズったオーストラリア人飼育係など、数々の勇者が話題になっている。

わたしも何かしようかな、そうだ、凝った料理でも作ろうと思いつつ、さぼって、ゴロゴロし続けていた。

## 三月二十五日（水）

いつも通り、木造二階建ての〝いつものカフェ〟で仕事だ。

今週から、テレワークの客の他に、子連れのお母さんの姿も増えた。みんな、スマホで検索してクイズを出したり、絵本を読み聞かせたりしている。保育園が閉まっているからかな。

安倍首相が〝東京オリンピックの一年延期〟をＩＯＣと合意した。続いて小池都知事が「でも名称は変えない。来年も〝東京オリンピック二〇二〇〟でいく」と宣言し、列島がどよめいた。おそらく、ロゴ入りグッズなどを作り直さずにすむように、かな……？

Amazonでは、神奈川県小田原センターで感染者が出て、消毒のため一時機能停止していたとわかった。通販も、人の手を経て届くわけで、完全なる安全ではないのだなと思う。って、そりゃそうかぁ。

わたしは、選考委員を務める手塚治虫文化賞の選考会が明日に迫り、あれこれ準備しているところだ。会議室に直接集まるか、コロナを踏まえて電話会議にするか、ぎりぎりまで未定だったが、夕方になり「会議室で行います」と連絡がきた。

ニュースによると、世界中で感染が広がり続けている。ロシアでも、サハラ以南のアフリカでも。タイでは一週間で五倍に増え、インドは全土封鎖に。イギリスでは、なんと次期国王のチャールズ皇太子が感染。エリザベス女王も、王室スタッフの感染がわかり郊外の城に避難したという。

夕方。犬の散歩に行った。犬が草を熱心に食べるのにつきあいながら、友人にLINEをした。また「東京も近々ロックダウンするのかな?」という話題だ。

あ。もしかすると自分は、ベランダに花を並べたり、窓を磨くことで、心の準備をしているのかもしれない、とふと気づく。

夜八時。小池都知事が会見を開いた。「一日の感染者が十七人から四十一人に激増した」「〝三密〟を避けて」「週末は外出自粛して」「平日の昼はテレワーク、夜もなるべく外出自粛を」という内容だった。

外務省も「不要不急の海外渡航の自粛を要請する」という。

どうやらみんなの予想通りの展開になっていくらしい。五輪の延期が決まり、東京はロックダウンに進む……。

SNSを見ると、都知事の会見が終わった九時過ぎ、都内のスーパーに人が押し寄せたらしい。カップ麺や米やパンが売り切れたとの報告が多数上がってくる。

九時四十分ごろ。手塚賞の事務局から「明日の選考会はやはり電話会議にします」と連絡がきた。ギリギリの変更で、事務局方は今夜は大変だろうな……。

今日は、国民的コメディアンの志村けんさんが感染して入院中とのニュースも流れ、それも気にかかっている。

## 三月二十六日（木）

ぽかぽかと暖かな一日だった。

わたしは、手塚賞の電話会議がぶじに終わり、ほっとし、夕方一服しに出かけた。

首都封鎖されたら、近くの店も閉まってしまうと思い、路地裏のおじいちゃんマスターの喫茶店に顔を出した。いつになく空いていて、客はわたしだけだった。

昨夜の都知事の会見を受け、さまざまな企業が、今週末の都内での営業自粛を発表している。夕方からどんどん流れてくる。ファミレスのガストやバーミヤンやジョナサンは深夜零時以降の営業を休止するし、串カツ田中は短縮営業だし、吉野家はテイクアウトの一部を値下げする。髙島屋やルミネや大手アパレルの路面店なども多くの店舗を週末休業に。シネコン大手のTOHOシネマズも主要な施設を休業に。としまえんなど首都圏の遊園地も再び休園となった。

どうも、国全体で、「とりあえず四月上旬までの二週間、協力しあってがんばろう」という空気になっているようだ。この週末もみんなで乗り切りましょう、と……。

マスターの娘さんと、東京都台東区の永寿総合病院で二十五名の集団感染が起こったニュースの話題になる。「この辺のお年寄りはみぃんなあの病院に行ってるからねぇ」と聞き、「えーっ！」と椅子から転げおちそうになる。何か、遠いニュースから、肌感覚として一気に身近に感じられ、ぞわぞわっとする……。

政府に〝新型コロナウイルス感染症対策本部〟が設置された。これにより、いよいよ〝緊急事態宣言〟が可能となる。

東京都知事と、近隣の神奈川県、埼玉県、千葉県、山梨県の知事がテレビ会談し、「都と県内の不要不急の行き来を自粛するよう求める」ことで合意。

夜。出版社にゲラを返送するため、ネットでヤマト運輸に集荷を頼んだ。これまでは、コンビニに持参し、レジ横でちゃっちゃと伝票を書いていたが、そういう接触時間の長い客はもういやがられるかもと、集荷に切り替えたのだ。ネットなら伝票のデータを事前に打ちこんでおけるし。

チャイムが鳴り、玄関のドアを開けたら、ふいの強風に煽《あお》られてドアがガゴォォーンとなり、ドアノブを握ったままふっ飛ばされるように外に飛びだしてしまい、恥ずかしかった。

## 三月二十七日（金）

〝いつものカフェ〟のスタッフのお兄さんから、インスタのメッセージで「うちも今週末は休業ですよ」と教えてもらい、それなら今日のうちにと、行ってみた。お兄さんによると、月曜以降は営業を続けるかどうかも未定らしい。

しばらく閉まるのかもしれないと思うと、妙に名残り惜しくなり、お代わりもしてけっこう長くいた。

明日から、日常がいよいよ変わるかもと思うと、心細く、なんだかいつまでも帰りたくなかった。

アメリカの感染者数が、イタリア、スペイン、中国を抜き、世界最多になった。ニューヨーク市は、仮設遺体安置所を準備し、冷凍トラックも待機。失業保険申請数は一週間で三百二十八万件に。一方で、ビーチに遊興客が押し寄せたり、便器を舐める〝コロナウイルスチャレンジ〟がYouTubeやTikTokで流行っているというニュースもある……。

アメリカとメキシコの国境では、一部がメキシコ側の市民によって封鎖され、市民が「メキシコにこないで！」と書かれたプラカードを持っているとのことだ。

スペインでは、民間企業から寄付された３Ｄプリンターで、病院内で人工呼吸器を生産し、使用している。これは本当は特許法違反らしい。イギリスでは、撮影休止中の医療ドラマの小道具である人工呼吸器も病院に寄付された。

ニュージーランドで、二十五日夜十一時ごろ、アーダーン首相がFacebookで国民にライブ配信を行った。首相は女性で、赤子を寝かしつけた後の部屋着姿。行動規制の必要性などについての質問にも答え、論理的で穏やかな姿勢で約十七分語りかけた。この動画は世界で四百三十万回以上視聴されている。

国内では、都内の感染者が、四十人台が続いている。小池都知事は「緊急事態宣言となるかギリギリのところ」と会見。しかもこのタイミングで桜が満開に！　そこで、お花見を強行するだろう都民を阻止せんと、上野公園や代々木公園などの園道が都によって封鎖されたという。じつはわたしも、週末のお花見の予定が二件飛び、何か手持ち無沙汰な気持ちでいる……。

夕方、買い物に出た。すると、高級和牛精肉店の今半の前に大晦日《おおみそか》の夕方並みの行列ができていた。そういえば、政府が国民に〝和牛券〟を配るという案が「いや現金だろ！」と大炎上しているところだった。もしや、和牛券が話題になるうちに、みんな和牛が食べたくなり、並んでいるのでは……？　いや、週末出かけられないから家ですき焼きをしようというだけかな。というわたしも、じつは、なぜだか突然和牛が食べたくなってやってきたのだが。

帰り道。自転車が猛スピードで通り過ぎ、何かをガコッと道に落とし、男性の「いやわわわあぁーん！」みたいな咆哮が響いた。いったい何を落としたのかと、見ると、なんと飲みかけのストロング系缶酎ハイだった。自転車漕ぎながらの飲酒なんて初めて見たよ……。

男性は止まらずそのまま疾走していった。道路にシュワシュワー……と泡が浮かび、消えた。

## 三月二十八日（土）

朝、静けさとともに、目覚めた。

いつもは、室内にいても外界のかすかな音を耳が拾っていたのだなぁ。でも今朝はまるで元日の朝みたいな湿った静寂だ。

東京都の週末の外出制限、一日目。

午後から急に冷えこみ、風が、冬の匂いに変わる。

大通りの交差点で、ママチャリの前カゴに釣竿をくくりつけた人と隣りあった。えっ、釣りに行くの？　確かに人はいないし屋外だし、いいな、と思っていると、信号が変わり、ママチャリは隅田川のほうにぐんぐん遠ざかっていった。

　イギリスでは、チャールズ皇太子に続き、ジョンソン首相と保健相の感染も判明した。どちらも軽症で、テレワークで仕事を続けるとのこと。

　中国では、武漢の外出制限が緩和され、家族の遺骨を引き取るために市民が葬儀場に長い列を作った。その写真がSNSに投稿されると、「遺族の人数からして、犠牲者数は当局の発表よりずっと多いぞ」と怪しむ声が多数上がった。そこで当局は投稿写真をつぎつぎ削除し、いままさに沈静化を図っているところだ。

　国内では、国立がんセンターの看護師二名の感染が判明し、他の看護師や入院患者も検査を受けることになった。患者さんの不安を思うと、辛くて涙が出る……。看護師さんたちも、注意して過ごしていただろうにと、気の毒に思う。

　この二名は、それぞれ十八日と二十一日に嗅覚に異常を感じ、耳鼻科を受診。その後二十六日、阪神タイガースの藤浪晋太郎投手が感染して〝症状の一つに嗅覚異常があった〟と広く報道されたため、翌二十七日、念のためPCR検査を受け、発覚したという。

　藤浪投手は「世の中への啓蒙になるから実名で症状を発表してほしい」と申し出たらしい。彼のおかげで、がん専門病院で院内感染が広がるのを防げたわけで、わたしは、藤浪投手は立派な人だと思う。

　夕方。あまりにも寒く、部屋でついうとうとしていたら、いつのまにか首相が会見を開いていた。だが〝自粛を求めるがお金の補償はしない〟という内容だったらしく、遅れてSNSを見ると、もう非難囂々《ごうごう》で、〝#自粛と補償はセットだろ〟というハッシュタグがどんどん流れてくる。わたしも「これはひどい……」と思った。

それにしても。少し前までは、数週間の短期戦という気持ちだったのに、いまでは、いや、長期戦だ、かつ忍耐勝負の防衛戦らしいと気づきつつある。みんなで、ゆっくり、ズブ……ズブズブ……とどこかに沈んでいくところといった感覚だなぁ。

## 三月二十九日（日）

週末の外出制限、二日目。

朝から大雪！　東京二十三区は最大八センチの積雪らしい。

夜更かししたので、やけに眠かったが、〝ホテルのラウンジ〟のまん丸いガラス窓から雪を見たらさぞきれいだろうと思い、冷たいぼたん雪が降る中を行ってみた。

バリスタのお姉さんが、秘蔵の〝香りを楽しむカップ〟〝舌触りを楽しむカップ〟の二つに分け、コーヒーをサーブしてくれた。すごくゆっくり、ゆっくり、味わって飲んだ。人が淹れてくれたコーヒーのおいしさがしみじみ染み渡る。

店内は空いている。が、こんな時期でも、欧米からの旅行客がリュックを背負って下りてきて、アイスラテのラージをテイクアウトし、観光に出ていったりする。彼らはスムーズに日本から母国に帰れるのかな……？

昨日、国内の一日の感染者数が二百人を超えた。

大学生たちに対し、感染拡大を避けるため、都会から地方に帰省しないようにとの声が強まっている。

関西の大学では、学生八名の集団感染が起こった。欧州に卒業旅行に出かけた四名と、彼らと卒業祝賀会で同席した四名だ。これにも「感染爆発の時期に欧州に行くなんて」と非難の声が飛び交っているが、大学講師の知人が「学生がかわいそうだよ！　今どんなに責任を感じてることか！　だいたい、あの時期は欧州でまだ感染爆発してなかったのに！」と強い口調で言うので、はっとした。世界中のいろんなニュースが絶え間なく流れ、わたしも、出来事の順番がもうわからなくなっているのだ。

帰り道。ぼたん雪が舞う隅田川を、きらきら光る屋形船が一艘だけ、川下にゆっくり進んでいく。この寒さの中、宴会だろうか。立ちどまり、何か、幻を見るような気持ちで見送った。

## 三月三十日（月）

寒々とした月曜の朝。

東東京のこの町では、五輪に向けて新築ラッシュで、あちこちでビルを解体したり、マンションやホテルや商業ビルを建設中だった。だが、気づけば工事の音が全部止まり、もう静かなものだ。

引っ越しトラックを多く見る。転勤、入学、入社……。そもそも春は移動の季節なのだ。わたしの知人も、このタイミングで関西に転勤した。その話を聞いた今月半ばは、まだ国内がぜんぜんこんな空気じゃなかったので、いまこのとき人生の変化を迎える人たちの困難を思うと、気が遠くなってくる。

道路には、生協やオイシックスなどの食料配送トラックもどっと増えた。大型スーパーに行くと、もう大混雑で、怖くて入れない。神社の向かいの魚屋に寄り、「もう今日はごはん作らなくていいやー」と、お刺身と鯵《あじ》の南蛮漬けとイカフライを買った。魚屋さんは「あらま！」と笑っていた。

帰り道、盲導犬と歩く若い男性とすれ違った。いろんな状況でこの危機の只中を生きている人たちがいることに思い至った。

――昨夜、志村けんさんが亡くなった。

今月六日まで朝ドラ、十日にバラエティ番組を収録。十七日に体調を崩し、二十日に入院。二十三日に陽性と判明した。つまり十六日まではお元気だったわけで、あまりに突然の訃報だ。

海外では、ドイツの財務相が鉄道自殺。〝財政的支援への市民からの期待を満たせるかと苦悩していた〟と報道されている。

ロシアの首都モスクワでも外出制限が。

そのころバチカンでは、無人のサン・ピエトロ広場でローマ教皇が長い祈りを捧げている。例年クリスマスと復活祭にする祈りだが、コロナ終息を祈るため、この季節に実行されたのだ。

日本国内では、米中韓と欧州からの外国人の入国を拒否する方針が決まった。これでいよいよ、この町からも海外観光客が消えるのだろうか。

夕方、国内の事態が少し動いた。まず日本医師会が「緊急事態宣言を出してほしい」と会見。その影響で「四月一日に緊急事態宣言が出る」という噂が列島を駆け巡り、菅官房長官が「事実ではありません」と否定。夜八時、小池都知事が会見を開いたため、すわロックダウンかとみんな身構えたら、「クラブやライブハウスでの感染が続いている。夜の外出を控えて」という内容で、肩透かしと感じたりもした。

わたしは夜、川沿いの〝クラフトビールのバー〟で仕事をした。フロアはもう怖く、オープンテラスに座った。〝いつものカフェ〟も休業を続けることになり、このバーだっていつまで開いているかわからないと思う。名残り惜しく、シャンディガフをお代わりしたりポテトフライも頼んだりして、夜が更けてもしばらくいた。

わたしはドリフ世代なので、志村けんさんの訃報が、とてもショックだ。ドリフターズ時代の志村さんが、白い三角布を頭につけて白装束を着て、お化けのふりをして棺桶から出てくるコントを思いだしている。あのころ小学生で、毎週大爆笑したよなぁ！　バーのテラスで、スマホでYouTubeを検索し、大昔のコントを延々見ている。志村さん、ありがとう……。敬意を表し、笑っておくろう。

## 三月三十一日（火）

朝。起きるなり、「静かだな」とぞーっとした。まるで山小屋にいるようだった。思わずラジオをつけ、ボリュームを上げる。

今週から、出版社や新聞社も続々テレワークに移行し始め、わたしも仕事の仕方が少し変わってきた。

志村けんさんの兄が、各社の取材に答えている。感染の危険から見舞いに行けず、死に目にも会えなかった、と。ご遺体は納体袋に入れられ、直接火葬場に運ばれ、後日お骨が家に届く。本当にやりきれない話だと思う。

ＮＨＫの手話ニュースを観た人が「〝志村けん〟の単語は〝アイーン〟のポーズなんだよ」

と教えてくれた。著名人の場合、特徴のあるポーズがそのまま手話の単語になる場合があるらしい。……つい笑ってしまい、笑えたことに、ホッとした。

国内では、国土交通大臣が、飲食店のビルのオーナーに「賃料の支払いを猶予するよう」求め、「国が補償すべきなのにビルの所有者に犠牲を強いるのか」と批判されている。

脚本家の宮藤官九郎さんも感染した。東映東京撮影所でも感染者が出てしまい、撮影所が封鎖されたと報道されている。

世界全体では、ＷＨＯのテドロス事務局長の上級顧問が、「終息するのは、人口の六十〜八十％が免疫を持つ数年後だろう」という予想を示したところだ。

スペインのテレサ王女（八十六歳）が新型コロナで亡くなった。欧州の王族で初の犠牲者だという。女性の権利向上や社会主義活動に身を投じ、〝赤い女王〟の異名で知られていた。

オランダでは、休館中の美術館から、ゴッホの名画が何者かに盗まれてしまった。

アメリカのニューヨーク州では、感染者が出ても倉庫が充分消毒されていないと、Amazonの従業員たちがストを始めたところだ。

世界中のさまざまな都市で、ロックダウン中のＤＶ被害が増加し、深刻な社会問題となっている……。

わたしは、今日も仕事を抱え、薄緑とレモンイエローのストライプの壁の〝ホテルのラウンジ〟にやってきた。でも、客席は無人に近く、「あぁ、もうここにきてはいけないのだな」

と思った。

　バリスタのお姉さんが、近隣の飲食店に「うちの店のチラシを置かせてください」と頼む電話をかけ続けている。真剣な声だ。その横顔に（わたしはぜったい負けない！）という決意を見たように思い、胸がきゅっと鳴った。

　そこに、食品卸業者さんが牛乳の箱を抱えて入ってきた。客席ががらんとしているぶん、話し声が響く。「飲食店からの注文が減った」「テイクアウトを始めた店も多いが、それだけじゃなかなか……」「でもケーキ屋だけ大繁盛してる」と聞こえてくる。

『オンノジ』（施川ユウキ著）という、世界から人が消え、無人の町を主人公が彷徨《さまよ》い続ける漫画を思いだしながら、ゆっくり歩き、家に帰った。途中、誰もいない横道に、五センチぐらいのスイカの皮が落ちていた。「あっ、人の気配！」と思い、思わず写真を撮ろうとしたが、さすがに変かなと思いとどまった。

## 四月一日（水）

　今日から四月だ。

　朝、壁掛けのカレンダーをめくり、今月の予定を書きこもうとして、ふとやめた。食事会の約束などもあったが、中止だろうなぁ……。

近所を歩くと、焼肉屋、餃子屋、串カツ屋などが、続々テイクアウトを始めていた。休校やテレワークの影響で、全員三食とも家で食べる家庭が増えただろうし、作る人の手間が省けてよいだろうなぁ。

わたしは、室内で過ごす時間が増えたので、気持ちが上向きになるかなと、ビビッドカラーのピンクやオレンジの部屋着を通販で買ったりした。

ＮＨＫが、大河ドラマと朝ドラの収録を一時休止すると発表した。ＴＢＳでも、人気ドラマ『半沢直樹』の放送延期、特番『オールスター感謝祭』の中止などが決まった。

大手自動車メーカーＳＵＢＡＲＵが全生産ラインを一時停止。

日本生殖医学会は「不妊治療の延期を推奨する」と発表。一部で妊婦の重症化が懸念されており、また妊婦には使用できない治療薬もあるためだという。いま妊娠している方々が感染しないよう祈るばかりだ……。

そんな中、安倍首相は国会で「緊急事態宣言を出す状況ではない」と明言。

世界では、国連事務総長が「新型コロナは第二次世界大戦以来の危機だ」「近年に比のない大不況で、最大二千五百万人が失業するだろう」と語っている。

アメリカのニューヨーク市では、セントラルパーク、全米オープンのテニス会場なども臨時医療施設となり、屋外に白いテントが並べられた。報道写真では、まるで畑のビニールハウスのように見える……。

グアム沖に停泊中の米軍空母内でも、集団感染が。約百名に症状が出て、約四千名が船内に留まっているという。

イスラエルでは、ユダヤ教正統派が、亡くなった信者のご遺体の火葬を特別に認めた。「共同体を守るための行為で、死後の〝宗教的達成《ミツワー》〟に当たる」との例外的措置だ。

インドでは、都市封鎖を受けて交通機関が止まり、何十万人もの出稼ぎ労働者が、二百六十キロ以上先の故郷を目指して高速道路を歩きだしたところだ……。

ロシアの首都モスクワでは、生活必需品の買い物でしか出かけられないため、婚姻届も離婚届も出せなくなっている。

メキシコでも非常事態宣言が。南アフリカ、ボツワナ、ナイジェリアも都市封鎖に……。

そんな中、すっかり忘れていたが、今日はエイプリルフールだった。元東方神起のジェジュンさんが「感染して入院した」という冗談をSNS投稿し、多くの批判が寄せられている。うーん、これは心配したファンの気持ちを思うと……。

夕方、外を歩く。二十代の男性オーナーが一人で切り盛りする商店街のビストロでも、テイクアウトを始めていた。「いやぁ、休業できるのはビル持ちオーナーの店だけ！　家賃を払わなくていいからさ。うちとか無理、無理！」という。心配になり、オムレツとサラダと洋風エビ炒めと冷凍ハンバーグとパンを買った。帰宅して食べ、「いざとなったら……冷凍庫にハンバーグもある……」と思いながら、うたた寝した。

## 四月二日（木）

朝、犬の散歩に出た。川沿いの細長い公園。犬はいつになく、いつまでも草を食べている。わたしも出かける予定はなく、時間は幾らでもある。よし、犬の気がすむまでつきあおうか。自転車通勤の人がずいぶん増えたなぁ！　スーツ姿で颯爽《さつそう》と橋を渡っていく。

今週、世界の感染者が百万人を、犠牲者が五万人を超えた。アメリカ、イタリア、スペイン、フランス、中国、イランの順に感染者が多いという。

いまこのとき、世界人口のなんと半分超に当たる四十億人近くが自宅待機の生活を送っている。

ブラジルのアマゾン奥地の先住民にも感染者が出た。医療機関に従事する二十歳の女性で、仕事で外部の医師と会い、感染。先住民は外界との接触が少なく、免疫力が弱いため、拡大と重症化が懸念されている。この女性は、接触した人たちに、インターネットを通じ「ごめんなさい」と謝罪したという……。

ハンガリーでは、東京五輪の金メダル候補である〝バタフライの女王〟など、水泳代表選手九名が集団感染。

アメリカでは、ニューヨーク市警の職員の一割が病欠。地下鉄では放火が相次ぎ、治安悪化が不安視されている。……それと関連があるかはわからないが、大リーグの田中将大選手と家族が先月末に日本に帰国し、自主隔離生活中で、「コロナ以外にも身の危険を感じる出来事があり（帰国した）……」とコメントしていた。ロックダウン中の各国の治安問題も気にかかる。

イギリスのウェールズでは、人がいなくなった街を、なぜかヤギの群れが大行進。住民たちが窓からその光景をただただ眺めている……。

国内では、和牛券事件の記憶冷めやらぬ昨日、安倍首相が「〝布マスク〟を二枚ずつ全世帯に配布する」と発表。「また物か。現金だ！」と列島を再び怒号が渦巻いているところだ。

東京都足立区のヤマト運輸配達員も感染した。Amazon の倉庫に続き、配達員もで、いよいよ通販も安全とは言い切れなくなってきた……。そこでヤマト運輸は〝置き配〟を推奨、ＨＰなどで広めている。

先週末の上野公園の花見客がデータ分析された。若者が減った一方で、六十代以上の客は去年とほぼ同人数が花見にきていたという……。

都内の居酒屋チェーンも、塚田農場が今日から、鳥貴族や串カツ田中の直営店が明後日から休業するなど、続々、閉まっていくようだ。

……夕方、居酒屋の前を通ると、飲兵衛の飲み納めなのか、中高年の酔客で早くも混み、大きな笑い声が響いていた。

ちょっと怖いと思いながら、通り過ぎ、路地裏のおじいちゃんマスターの喫茶店の前にくると、黒いシャッターが閉まっていた。張り紙はないが、一時休業かな……？　見慣れた青い看板がないと、知らない路地のようで、寒々しく寂しい。でも、こぢんまりした店内はまさに〝三密〟で、マスターと娘さんのことが心配でもあり、少しホッとした。

**四月三日（金）**

朝から、赤ペンを握り、六月刊行予定の文庫のゲラ作業を進めている。でも、そのころ書店は開いてるのかな？　開いてても、お客さんはいるの？　ネット通販中心の流通になるなら、営業会議でどの本も刷部数が下がり、印税が減り……作家もみんな収入減となるだろうな……。

と、そんなことを考えていたら、首都圏の幾つかの大型書店が今週末休業というニュースが飛びこんできた。これは、うーん、いよいよかっ！

国内では、公開予定の映画『コンフィデンスマンＪＰ』『名探偵コナン』などが続々延期に。テレビも、ＴＢＳがドラマに続いてバラエティ番組のロケとスタジオ収録も休止し、報道機関としてニュース報道だけ続けるとするなど、事態は刻々と変化している。

首都圏の百貨店、スタバなども、今週末の休業を続々発表。

日本医師会が「医療危機的状況宣言」を出し、医療崩壊への警鐘を鳴らしている。東京都は時短営業や臨時休業する店に対して支援金を払う方針を固めたところだ。

ところで、中国がウイルス封じ込めに成功したのはなぜか？　一説によると、監視社会だからだという。国民ＩＤ番号と紐付けされた携帯電話の位置情報のおかげで、感染者がどこに行き、同時にそこにいたのが誰かが、全部わかるのだと。監視国家の在り方については国際社会から強く批判されているが、少なくとも、ウイルスに対しては、有効ではあった、と。

夕方。外を歩くと、道路で子供とキャッチボールやバドミントンをする親御さんがけっこういた。本当に毎日大変そうだ……。クリーニング店の前を通ると、〝ウイルス軽減＋百円〟という垂れ幕がはためいており、思わず二度見する。花屋に寄ると、店長が「すっごく売れてるの！　旦那さんたちがげっそりして買いにくる。テレワークで家にいたら険悪になったって。さっきも『花を買わなきゃ、いや、買ってももうダメかも！』だって」と言う。マジか……。黄色いマリーゴールドなど、カラフルな花の鉢を三つ買い足し、帰ってきた。

**四月四日（土）**

晴れて暖かい日。

せっかく買った春の服を出し、着てみた。家にいるべきとは思うものの、息が詰まり、つい〝ホテルのラウンジ〟に顔を出してしまった。でもほどなく、中央の薄緑のテーブル席に〝しぶき会議〟の人たちがきた……。これはわたしの勝手な命名なのだが、オフィスが閉まったためにカフェに移動してきた人たちが、カップルが語らう小さな丸いカフェテーブルでノーマスクで向かいあい、会議室用の発声で互いの顔に飛沫を掛けあう（ように見えてる！）会議や打ち合わせのことだ。

わたしもだんだん不安になったが、他のテレワーク客も、一人また一人と立ちあがり、隅の席へと移動していった。やっぱりみんな怖いんだなぁ……。そろそろ、ほんとに、ここにもきたらだめなんだと、また思った。

昨日、国内の一日の感染者が三百人を超えた。感染者総数は三千人以上に。東京都は今日、約百二十人と、初めて三桁に。

国内で初の感染者が確認されたのは、一月十六日。そこから感染者総数が千人を超えるまでに二ヶ月と少しかかった。だが、二ヶ月半後の三月三十一日には一気に二千人に。そして三日後の昨日、三千人を超えた。

この感染者数の増加は、二週間前の春分の日の三連休……三月二十日から二十二日の人出が原因だ、とも言われている。みんな出かけたから、と言いたいが、この日記で確認すると、そういう自分も浮かれてあちこちに行っていた……。そして連休が明け、五輪が延期に傾くと、国も東京都も突然「コロナ対策を！」と言い始めたわけで、これには「本当は連休前に始めるべきだったのに、五輪の関連で遅れたんじゃ」という批判も噴出している。

ニューヨークのハーレム在住の日本人女性が「こっちは大変なことになってる。日本もこうなる。みんな気をつけて！」と注意喚起するYouTube動画が、いままさにバズっている。ニューヨーク市の一日の感染者数が、昨日の東京都と同じく百人の大台に乗ったのは、二週間前のこと。でも二日後に千人、五日後に二千人、十日後に四千人と、その後すごい勢いで増えたのだ。だから、ニューヨークの今は、二週間後の日本の姿だ、と言われている。

在日アメリカ大使館も、日本国内のアメリカ国民に対し、帰国を強く促し始めた。「日本では幅広く検査しないので、感染者数が把握できず、医療体制も予測できない」と。

政府の専門家会議に参加する京都大学の西浦教授が「人出を八割減らさねばならない。そうすれば十日から二週間後、一日数千人のピークを迎え、終息する。そのためには強い外出制限の必要がある」と警鐘を鳴らしている。

また、ここにきて世界での〝マスク〟の価値が変わってきたようだ。東アジアなど、マスクをしている地域では感染の広がりが比較的緩やかだと、世界の人々が気づき始めたのだ。アメリカ国立アレルギー・感染症研究所も「呼吸による《エアロゾル》感染の可能性もあり、マスクは有効」と発表した。とはいえ、不織布マスクは世界的に不足しており、市場は一気に〝ワイルド・ウエスト（アメリカ開拓時代の無法状態）〟に突入したと言われている。アメリカは高額で中国製のマスクを買い漁り始め、フランス地方政府トップが「アメリカは飛行機の滑走路で何倍もの現金を見せて他国のマスクを奪う」と怒り、ドイツ政府も「我が国がアメリカ企業の中国工場に発注したマスク二十万枚が、空輸途中のバンコクの空港で強奪された。アメリカの仕業だ。まるで現代の海賊だ」と猛烈に抗議。これを受けてか、トランプ大統領は「国防生産法に則り、マスクの輸出を禁止する」と宣言した。つまりアメリカは、輸入は奪ってでもするが、輸出はしないというわけで、これって「お前のものは俺のもの、俺のものは俺のもの」のジャイアン理論そのものじゃないか。

帰り道、ふと予感がして、川沿いの〝クラフトビールのバー〟の前を通ってみた。すると、ここも、今日から休業だった。

やはりそろそろお店で一服はできなくなるなぁ……。

若者に大人気の新しいおしゃれなパン屋の前を通ると、店員さんが一人きり、ひっきりなしにトングとトレイを拭いていた。

帰宅し、部屋で過ごす時間が長くなりそうだしと、ベランダをピカピカに掃除した。すると犬がなぜかはしゃぎ、室内をぐるぐるぐるぐる駆け回りだした。

## 四月五日（日）

お昼前。近所を歩くと、閑散としていた。

この町には富士そばが多く、友人に「〝富士そばの魔法陣〟ができてるやん」と言われたことがあるほどなのだが、いつも繁盛している店舗も、今日は客が一人だけ。とっくに食べ終わり、暇そうにスマホをいじっている。

歯医者の前を通ると、「治療に使う除菌水を無料でお譲りします」と張り紙があった。電話してみると、「まだありますよ」と言われたので、入ってみた。すると、真っ青なワールドカップのシャツを着た、日に焼けて精悍《せいかん》な男性がおり、「あとで瓶だけ返してね」と一瓶くれた。この人はどうも、代々続く歯医者の三代目の若先生だったらしい。

瓶を持ち、静かな住宅街の横道を歩いていくと、ピンクのロングヘアに白い厚底ブーツにミニスカート姿の若い女性が一人で呼び込みをしていた。「こんな住宅街にガールズバーが？」と驚いたが、近づくと、小声で「ＵＶカットマスク……限定販売してまーす……」と言っている。道ゆく人も遠巻きで、足を止めないし、女性もやけに消極的だ。バイトで雇われたのかな……？　なんとも言えない気持ちで、通り過ぎる。

国内の感染者総数は四千人を超えた。夕方、首相が厚生労働相、官房長官、経済再生相などと何らかの協議をしたらしい。同じころ東京都知事は「命がかかっている。みんな外出しないで」と再び会見で訴えた。

世界では、アメリカの感染者数が増え、三十万人に。ブラジルでも、わずか四日で感染者が倍の一万千人に。だがボルソナロ大統領はコロナの危機を認めず、「風邪と同じ」「仕事したいという国民の声が大きい。邪魔する地方知事は雇用キラーだ」「どうせみんないつか死ぬ」と暴走気味だ。ベラルーシのルカシェンコ大統領も「サウナに入ってウォッカを飲めばよい」と発言。……そういえば、アメリカのトランプ大統領もそういう態度を取っていたな。一体なぜだろう……？　現実が怖すぎて受け入れられず、茶化して逃げてるのだろうか？　あまりにもわからなすぎて、心理学の専門家なら理解できるのかな、あぁ、この心理状態について誰かに論理的に説明してもらいたい、と思う。

国内では、タレントの黒沢かずこさんも感染。また、ご長寿アニメ『サザエさん』のアフレコが無期限中止に。

さて、昨日辺りから、少し奇妙な新説が広がり始めている。東アジアなど幾つかの国の患者が重症化し辛いのは、「予防注射ＢＣＧを接種しているから」というのだ。ＢＣＧは日本でも一九五一年から打っているが、重症者の多いアメリカやイタリアなどではやっていないと。うーん、まだ仮説で、なんともいえないが……。

今夜は、さいきん流行りだしている〝Zoom飲み会〟を友人たちと試しにやってみる予定だ。お酒とおつまみを買って帰宅。歯医者でもらった除菌水を、スプレー容器に入れ替えた。すると、プールのにおいと歯医者のにおいを混ぜたような空気が、部屋にふわわーっと漂った。

## 四月六日（月）

春の陽気で、ポカポカと暖かい。

午前中、歯医者さんに瓶を返しに行った。お礼にプレミアムモルツのパックも持参。

それから、仕事しようと公園に行った。テーブル付きの席が人気で、テレワークの人、テイクアウトしたランチを食べる老夫婦、子連れのお母さんなどで混んでいた。……どうやら、みんな考えることは同じらしい。

いよいよ、国の緊急事態宣言が出る、明日にはもう出る、と盛んに報道されている。

ブラジル在住のサッカー選手の本田圭佑さんが「日本には外出自粛、休校、国からの補償が必要だ」と訴えている。トルコ在住の長友佑都さんも「外出しないで！　学校も休校に」とＳＮＳで警鐘を鳴らしている。

学校に関しては、新学期を迎え、各地でいままさに休校の決定が相次いでいるところだ。

テレビ番組も、お昼の情報バラエティ「ヒルナンデス！」が、司会者のナンチャン以外はリモート出演になるなど、収録方法が変化している。

世界では、イギリスのジョンソン首相の容体が悪化、病院に搬送された。エリザベス女王は「戦時中を思い起こし、ともに困難を乗り越えよう」「医療関係者などに感謝したい」と国民に直接語りかける映像を公開。これはカメラマンと部屋に二人きり、社会的距離を取って撮影された。

アイルランドでは、元医療関係者に現場に戻るようにと呼びかけている。元医師であるバラッカー首相も、週に一度は医療現場に復帰するという。

イスラエルのエルサレムでは、キリストの墓があるとされる聖墳墓教会が六百七十一年ぶりに閉鎖された。前回の閉鎖の理由は〝ペストの流行〟だった……。

ロシアでは、外出禁止なのに窓の外で大声で喋る若者五人と住民が口論になり、住民は狩猟用ライフルで五人を射殺してしまった……。

アメリカのニューヨーク市のブロンクス動物園では、「マレー虎が感染した」と報道されている……。

さて、国内の状況は、まさに緊急事態宣言直前で、すごく緊迫している……はずなのだが、わたしはというと、天気のよい公園のベンチで、ぽっかり空いたエアポケットに落っこちたようなのんびりした時間を漂っている。スズメがちっちと鳴くのを、笑顔で眺めたりして。

予定もなく、ゆっくり歩く帰り道。大通りで、古い自転車が何台か、ギィォイォオーッと錆びた音を立てながら通り過ぎた。久しぶりに出してみたママチャリかな？　公共交通機関より、自転車。みんな考えることは同じだな。

帰宅し、ニュースを見ると、午後に東京都医師会が「都は危機的状況だ」「都民に六週間の外出自粛を求めたい」「政府は営業自粛する業者への補償を」という切迫した会見を開いていた。そして夜七時、首相が「明日緊急事態宣言を出す」と発表。対象となるのは、東京、埼玉、千葉、神奈川、大阪、兵庫、福岡の七都府県とのこと。……あれ、京都が入ってないぞと不思議に思っていたら、知人が「観光利権があって地元企業に反対されたんじゃない？」と言っていた。あっ、そうなのかな？

自衛隊が、災害派遣の準備段階に入った。

在日米軍は、日本より一日早い今日、基地内に非常事態宣言を出した。

夜九時、東京都知事も会見を開いた。「日本の法律では都市封鎖を強制できず、要請となる」「都民へは、外出、三密、行列を避けることなどを要請」「施設は〝休業必須〟〝店による〟〝開けていい〟の三種がある」「医療危機を避けるため、軽症者は病院ではなくビジネスホテルに宿泊する。東横インがまず協力する」など。

うーむ……。〝ロックダウンを強制できない〟のは、戦前戦中の〝国家総動員法〟の負の歴史を踏まえてのことだろうか？

もしそうなら、それは、守られねばならないことだと思う。

## 四月七日（火）

今夜、首相が緊急事態宣言の会見をし、深夜零時から施行されることになった。

お昼前。近所を歩くと、自転車でパトロールする警官二、三人組と幾度もすれ違った。みんなマスク姿だ。えっと、これは……治安維持のためかな？

町行く人は少ない。スーツ姿のビジネスマンも、体感では半分ぐらい減ったようだ。〝富士そばの魔法陣〟からもお昼恒例の行列が消え、空いている。

テイクアウトでコーヒーを買い、公園に向かった。すると、昨日と同じテーブル席に、昨日とまったく同じ、テレワークの人、老夫婦、子連れのお母さんなどがいた。……って、常連か！　仕事したりお喋りしたり、みんな思い思いに過ごしている。ここはすでにカフェと化したのだ、と思いつつ、わたしも昨日と同じベンチに座り、昨日と同じように、仕事をした。

芸人のピコ太郎さんがピコピコ歌って踊る手洗い動画をYouTubeに公開。世界中で広く視聴され、ロイター通信にも取りあげられるなどニュースになっている。

慶應病院の研修医のうち、研修後の打ち上げに参加した四十人中十八人が集団感染した。この件は当初伏せられており、なんと文春砲で明らかになった……。

帰り道。おじいちゃんマスターの喫茶店の前を通ると、見慣れた青い看板が出ていた。コーヒー豆販売のみ再開したらしい。そっと入ると、季節ごとに変わる手拭いの柄が、春らしい梅の柄になっていた。思わず、じっとみつめる。

「みんな家にいるから、豆がえれぇ売れるよ！」

と、マスターは言う。

わたしも、ブレンドの豆を百グラム買った。家に帰り、玄関でマスクを外し、手を洗い、うがいをし、さて消毒しようと、歯医者さんでもらった除菌水を片手に、コーヒー豆のビニール袋を開けた。すると、おまけのチョコレート菓子が、コロコロコロッ……と三つも出てきた。

夕方五時半、首相が「緊急事態宣言の発出」を表明。

続いて七時から、首相が会見を始めた。「期間はＧＷ明けの五月六日までの一ヶ月」「国民は生活維持に必要な外出のみ。七、八割の外出削減を」「オフィスはテレワークや時差出勤などを」「学校はオンライン授業の充実を」「飲食店では換気して席と席を空けて」「補償は一世帯三十万円の現金給付」「中小法人に二百万円、個人事業主に百万円の給付など」といった内容が流れる。でも、だんだん「ライブに行けず、飲み会もなくなり……行きたいところに行けず、人に会えない……。日常は失われた……」と言うので、あれっ、のんきだな、そんなことより経済的困窮や子育てで大変なのに、と首を傾げたり、「ＡＮＡのＣＡさんたちが防護服を作ってくれることになり……」と言いながら感極まって涙ぐんだように見えたりで、何か、気味が悪くなってきた。ちょうど新聞連載の資料で〝国家総動員法〟について調べているところなので、資料にある「進め一億火の玉だ！」「ほしがりません勝つまでは」「学徒出陣」「勤労奉仕」「千人針」といった言葉が、ばーっと脳内に浮かび、不気味に弾けて、消えた。
海外からは、施行の遅さ、強制力のなさなどに対し、批判の声も上がっているようだ。
ともあれ、深夜零時から……あと三時間と少しで、ようやく始まる。
日常が、終わる。

# 三　ステイ・ホーム？

## 四月八日（水）

さて、緊急事態宣言、一日目。

朝起きて、おじいちゃんマスターの喫茶店で買った豆でコーヒーを淹れた。そうそう、この味ですよ……。いつもの香ばしさに、ほっとした。

同じ階に住む四人家族の部屋の前に、大きなAmazonの箱が置き配されている。中身は大型テレビのようだ。ステイ・ホームによりチャンネル争いが起き、一台増やすことにしたのかな、と想像してみた。

町を、歩く。

静か。

どこも、空いている。

三十代ぐらいの女性が、赤いレンタサイクルにまたがり、ウーバーイーツの黒い四角いリュックを背負い、やってくる。久しぶりに自転車に乗ったのか、すごくグラグラしている。仕事が休みになり、配達員を始めたのかな？　そう思っていたら、道に迷ったのか、グラグラしつつ戻ってきた。大丈夫か……？

道の反対側から、上はスーツのジャケット、下はカジュアルなチノパン姿の男性が、やはりウーバーイーツのリュックを背負い、マウンテンバイクを飛ばしてくる。

ヤマト運輸の営業所の前を通る。箱が天井まで積みあがり、見るからに忙しそうだ。

小型書店の前にずらりと行列ができている。十枚千百円で不織布マスクを売っているのだ。中国産で、古いパソコンで素人がデザインしたような、見るからに変な箱に入っている。……中国産マスクの一部が、品質に問題があるとして、イタリアの医療機関から大量に返品されたというニュースを見たところなので、不安に感じ、買わなかった。

人気のシフォンケーキ屋の前に列ができている。マウンテンバイク販売店も開いており、忙しそうだ。

二・五次元の舞台やアニメイベント用のイラストやカラフルな風船付きフラワースタンドを売る花屋が、休業していた。舞台やイベントが延期だからだろうか。

町の不動産屋は、開いてはいるが、あえていま引っ越す人もいないのか、客の姿はない。

報道によると、今日から、デパート、パチンコ屋、居酒屋、カラオケ屋、電気屋などが続々休業に入っている。沖縄県では、先が見えないため早めに事業をたたむ〝あきらめ倒産〟も増えているという。

五月に予定されていた今年の司法試験が延期に。

八月のねぶた祭も中止に。

「少年ジャンプ」が発売延期に。編集部員に感染者が出たためだ。芸能界でも、お笑いコンビたんぽぽの白鳥久美子さん、芸人のゴリけんさん、「だんご3兄弟」の歌のお兄さんこと速水けんたろうさんなどの感染がわかった。

厚生労働省は、全国の歯医者に「唾液などからの感染リスクがあるため、いまは応急処置のみ。緊急性のない治療は休んで」と通達した。

全国知事会が、政府に「休業要請した業界に国からの補償もするべき」と緊急提言している……。

世界では、感染者総数が百五十万人に迫っている。フランスでは死者が一万人を超え、これはイタリア、スペイン、アメリカに次ぐ世界四カ国目だ。

インドネシアでは、死者が二百人を超えた。アジアでは中国に次ぎ二番目に多い国となってしまった。

イスラエルも全土封鎖になった。今日から始まるユダヤ教の過越祭《すぎこしのまつり》では、大勢の親族で集まらず、同居家族だけで過ごすようにと呼びかけられている。

世界労働人口の約三十八%が、一時解雇や給与削減などの影響を受けているという。

そんな中、中国では、武漢の封鎖が約二ヶ月半ぶりに解除された……。

日本国内はというと、感染者総数が五千人。数日前、「日本もニューヨークのように感染爆発するぞ」と怯えたほどの大幅増ではないが、緩やかに、確実に、増えている。

夜。コンビニに行くと、店内はガラガラで、シーンとしていた。アイスキャンディーがグラデーションの色別にきちきちに並べられており、およそ見たことないぐらい美しくアーティスティックな色遣いだった。レジには、中国人の若い男性店員が一人だけ。彼の作品だろうか……？

マッコリと缶チューハイを買って帰り、晩酌した。

## 四月十日（金）

仕事の合間に、あてどなく、近所を歩く。

飲食店のテイクアウトや休業の張り紙を、立ちどまっては、眺める。「皆さまもお気をつけて」「がんばりましょう」など、思いやりの見える文面を読むと、ほっとする。インド料理店のドアに貼られた張り紙の〝コロナの影響〟の〝響〟の漢字が、書き慣れておらず巨大になっているのを見て、日本語の読み書きがどれぐらいわかるのか、休業補償の手続きはできるかと、気にかかる。

この際、入ったことのない飲食店の味を試してみようと、昨日は隠れ家的日本酒バーの焼魚弁当を、今日は老舗の中華レストランのエビチリをテイクアウトしてみた。焼魚弁当は、普通の見た目に反し、魚も副菜もすべて酒の肴の味で、つい昼から晩酌したくなった。エビチリのほうは、すごくおいしく、甘辛い大振りのエビを三つ、夢中でモグモグ食べた。だがこれは、大勢の宴会で、紹興酒を飲みながら、朱色の丸テーブルをぐるぐる回して一人二つずつ食べる用の味で、そういうとき、わたしは「おいしい、もっと食べたい！」と思うのが常だったが、こうして山盛り一皿あると、途中で飽きてしまうのだった。……って、ぜいたくな話だなぁ！

さて、さまざまな店の形態別の休業について、国と東京都のあいだでしばし攻防が続いていた。都は休業を進めたいが、国のほうは「理髪店とデパートは営業していい」「居酒屋も休業ではなく時短営業で」などと消極的なのだ。その結果、今日午後二時、小池都知事が会見を開き、「休業すべき店を三つのグループに分けた」「キャバレーやバーなど遊興施設、大型の大学や塾、体育館やパチンコ、劇場や映画館には〝国の特措法に基づく強い自粛要請〟を」「中型の大学や塾、集会や展示などは〝都の独自の自粛要請〟を」「保育所や介護施設などは、〝施設によって休業要請〟を」「医療、生活必需品販売、交通機関、金融など生活に必要な施設は開けてよい」「ただし飲食店は夜八時閉店に」「協力した店舗には五十万円の協力金を払う」などの決定事項を発表した。当初は休業予定だった居酒屋が時短営業になるなど、国の意向を受けてあちこち変更されたようだ。これが今夜零時から適用される。

都知事は「危機管理とは、最初に広く対処し、収まってから少しずつ緩めるべきだが、国は逆で、二週間様子見をし、ひどくなってから対処を強めようとしている」と言い、苦笑。
「休業要請については自治体の自主性に任されるはずが、国が後から特措法にあれこれ付け加えてしまい、自分は東京都の社長のつもりが国の中間管理職にされていた」「だが〝特措法による強い要請〟と、〝都からの要請〟の二階建てにし、なんとか乗り切った」と主張した。……わたしは、都知事の言い分はもっともだと思う一方で、苦笑のタイミングや、中間管理職の喩え話があまりにも巧みなので、映像向きのパフォーマンスに長《た》けた人物だとも思った。そういえば、四年前の都知事選のときも、いつのまにか〝都議会のドン〟というわかりやすい悪役と敵対し、人気を上げていた。いま思えば、あの〝ドン〟って一体何だったのか……？

　国による緊急事態宣言に対して、愛知県、京都府、岐阜県などが「うちも入れてほしい」と手を挙げたが、国は断った。すると愛知県の大村知事が〝独自の緊急事態宣言〟を発令。そのニュースを告げるスマホの画面には、愛知県の真っ赤な旗がハタハタたなびく写真が添えられており、わたしは「なんか……愛知県、〝独立宣言〟したみたいだなぁ……」と思った。

　世界では、感染者総数が百五十万人を超えた。

　アメリカでは、黒人の感染者が多いことが社会問題になりつつある。原因は、バス運転手や食料品店員といった職種、公共交通機関での通勤など、リスクの高い就業環境や、貧困からくる基礎疾患、医療現場における人種差別など、さまざまだ。

　アジア人も、アリゾナ州在住のダルビッシュ有投手が「トランプ大統領が〝チャイニーズ・ウイルス〟と呼び始め、国内のアジア人差別が強まった。銃社会なので食料が不足したら怖い。差別と銃が問題」と警鐘を鳴らしている。

アラバマ州などでは、人工呼吸器の不足を受け、新しいガイドラインが作成された。ダウン症、自閉症、知的障害、脳性麻痺、認知症などの人々は「人工呼吸器の補助の対象となる可能性が低い」という内容だ……。障害者支援団体は「差別をなくすよう」と強く訴えており、障害政策研究所の研究者も「国としての我々が何者なのかの核心に迫る問題だ」と発言した。

日本国内でも、障害学会が「〝優生思想〟に基づく命の選別が医療現場で起きないように」と求める声明を発表している。「世界ではすでにそれが起きている」と。

そのころフランスでは、医療関係者たちが討論番組に出演し、「アフリカでワクチンの治験をすべきだ」と同意しあった。これに対し、ＷＨＯは「アフリカは実験場ではない」「植民地時代の名残りであり、二十一世紀の科学者の発言としてゾッとする」と猛反発している。

ブラジルでは、富裕層が欧州で春の休暇を過ごし、感染して帰国。メイドさんなどにうつし、そこから貧しい労働者層に拡大したとみられている……。

アラブ首長国連邦でも、二千人の感染者が出て、ドバイが外出禁止に。だが「第二夫人を訪ねるのはＯＫか？」と行政に問い合わせる男性もいる。

インド北部では、大気汚染が改善され、約二百キロ離れたヒマラヤ山脈が数十年ぶりによく見えるようになった……。

アメリカのニューヨーク市では、来月卒業予定の医学生が、医療現場に派遣され始めた。

イギリスやニュージーランドなどでは、復活祭を前に「うちで過ごそう！」と呼びかけられている……。

さて、日本国内では、感染者ゼロの都道府県が鳥取県と岩手県だけになっていたが、今日ついに鳥取県にも感染者が出た。残りは岩手だけだ。

こりゃ岩手の人、しばらくは、熱が出ても病院に行き辛いよなぁ……。

## 四月十二日（日）

お昼過ぎ。公園に行こうと、出かける。

マンションのエレベーターで、家族連れと一緒になる。大きな声で話す人の横にいて、「あっ、怖い……」と思う。

密閉空間で、社会的距離もない、という理由があってのことなのだが、一方で、自分の内部に、硬くて重い〝不寛容〟が生まれつつあるのも感じている。

もしかして、満員電車で出勤し続けている人と、ステイ・ホームしている自分との間に、感覚のズレが生じてきているのかもしれない、とも思う。

前は、きっかけがあれば、エレベーターで行きあった人とも一言二言話したり、笑ったりしていた。さっきの大声の人も、気のいい奥さんで、いつだったか何かおしゃべりしたような記憶がある。そう思いだすと、ふと、寂しい気持ちになる。

外を歩くと、近所の雑居ビルの前に、アルソックの警備員が駆けつけていた。中から出てきた男性が「ごめんごめん、スイッチ切るの忘れて入っちゃったのよねー……」と恐縮している。閉鎖されたオフィスに何か取りにきたのかな？

全国の感染者総数は、七千人以上となった。

東京都知事が、昨日、大人気YouTuberヒカキンさんの番組に出演。ステイ・ホームを都民に呼びかけ、話題になった。

大阪府の吉村知事もテレビ番組「ミヤネ屋」などに出演。歯に衣着せぬトークでウケているようだ。

そんな中、安倍首相は、歌手の星野源さんがInstagramで始めた「#うちで踊ろう」ムーブメントに乗り、優雅なリビングで紅茶を飲みながら「飲み会に行けない……友達にも会えない……」という動画を公開。いままさに山火事のごとく大炎上している。

各自治体が、愛知県の〝独自の緊急事態宣言〟に続き、北海道と札幌市が〝緊急共同宣言〟を出したり、兵庫県も休業要請を始めるなど、個々の動きを強めている。なんだか県というよりアメリカの州みたいだ、と感じる。

厚生労働省が、LINEの協力を受け、国民大規模アンケートを行った。結果、四日以上発熱している人がいま全国に約二万七千人おり、飲食店勤務や営業職など、不特定多数の人に会う職業の人が多いとわかった……。

十一日、テレビ朝日「報道ステーション」のメインキャスター、富川アナウンサーの感染がわかった。緊急事態宣言について報道する七日夜の放送中、声がかすれて苦しそうだと視聴者から心配の声が寄せられたが、その後も九日まで出演していた。

世界では、アメリカの全州がロックダウンとなった。アメリカの死者は十六万人以上で、イタリアを抜いて世界一位に。

トルコでも、急激に感染者が増えている。そこで今週末、主要三十一都市で週末外出禁止令が出た。在住のサッカー選手、長友佑都さんによると、「金曜夜十時に急に発表された。家にある食べ物で土日を乗り切るしかない……」という。

一方台湾では、感染が収まったため、プロ野球の試合が再開されたところだ。

北朝鮮では、感染者ゼロと発表されたが、果たして……？

夜。先週と同じメンバーで、またZoom飲み会を開いた。どうやらどこの町でも中国製の不織布マスクが高額で売られているらしい。一方で、小池都知事が会見で着用している影響か、布マスクを手作りする人も増えている。友人が「普通の値段で買えるようになったころ〝アベノマスク〟が届く予感がするよ」と言う。わたしも、なんだかそうなるような気がしてきた……。

## 四月十六日（木）

すごく肌寒い日だった。

あぁ、外に、外に出たいよ、と思い、試しに、マンションの非常階段に腰掛けて一服してみた。

落ち着かないので、すぐやめた。って、そりゃそうか……。

右隣の部屋に住む男性も、テレワーク生活になったらしい。一日中気配がするし、夜になると、換気口からおいしそうな料理の匂いが漂ってくる。豚丼、クリームシチュー、クリームシチュー、担々麺のローテーションなので、おそらくシチューは一度に二回分作るのだなと思っている。

世界の感染者総数が二百万人以上となった。二日に百万人を、九日に百五十万人を超えたばかりだった。犠牲となられた方は約十三万人だ。

フランスのパリ五区のカトリック教会が、外出禁止令に反して復活祭のミサを行い、警察に摘発され、司祭は書類送検された。一方、南米パナマのカトリック教会では、大司教が〝枝の主日〟の祝福の言葉を、ヘリコプターに乗り、人々の遥か頭上の空から与えた。大司教はこの日、マスクをつけ、聖人の像をぎゅっと握り、人のいない街の上をぐるぐるぐるぐる旋回。信者たちはバルコニーや玄関に椰子の葉を置き、祝福の言葉を受け取ったという……。

アメリカでは、トランプ大統領が「WHOは中国からの資金援助を受け、中国寄りの発言をしている」と、WHOへの資金拠出をストップすると示唆した。これは、自分に対する非難の矛先を中国に逸らし、十一月の大統領選を有利に運ぶ狙いがある、とも言われている。また、共和党のトランプ大統領は、ニューヨーク州のクオモ知事など、厳しい外出制限を行う民主党の州知事たちとも対立し、「五月には国中の外出制限を解除し、経済活動を再開させる。自分には全面的権限がある」と発言。これにはニューヨーク州知事が「大統領は王ではない」と反発。合衆国憲法によると、〝治安と安全を守る権限は州にある〟ので、これは州知事のほうが正しいようだ。

州知事は「経済活動再開は、ワクチンが使えるようになる一年半後から段階的に始める」と発言。ニューヨーク市長とロサンゼルス市長も「少なくとも来年まで大規模コンサートは行えない」と示唆。一方トランプ大統領は「アメリカは今月中にも経済を再開させる。ピークは過ぎた。我々はカムバック・キッズ（失敗から繰りかえし立ち直る者たち）になる！」と鼓舞している。

世界はいま、大きく二つに、割れていくように見える。

ニューヨーク州知事や、ニュージーランド、台湾、厳しいロックダウンで乗り切った社会主義国キューバなどは、〝根拠ある推測をもとに最悪の状態をサバイブする〟という、論理的で理性的な存在に見える。あの日〝ホテルのラウンジ〟で、冷静に未来予測をする若者たちの声から感じた精神と本質的に同じものを。

一方で、トランプ大統領や、ブラジル、ベラルーシの大統領などは、〝強引に現実をねじ曲げるために大声で発言する〟という、奇怪で醜悪な存在と思える。

そして、分断された世界のどちらに属する者かは、見た目でわかるのかもしれない。そう――マスク、だ。ニューヨーク州知事は「他者と一・八メートル以上近づく場合はマスクをする」という知事令を出し、「あなた方には他者に感染させる権利はない」と述べている。一方、トランプ大統領、ブラジルの大統領などは、本人もマスクをつけない。

前者の街や国では、感染拡大が抑えられつつある。後者の街や国では拡大し続けている……。

さて、そのころ中国では……。

武漢に建てられたコロナ専門の〝雷神山医院〟が、役目を終えて閉鎖された。

どうやら中国は、不織布マスクを送る〝マスク外交〟で、国際社会での力を増大させつつあるようだ。バチカンが九日、「中国から連帯の証のマスクが届いたことを高く評価する」と声明を出した。これには世界がどよめいた……かどうかはわからないが、少なくともわたしはギョッとした。バチカンは中国と断交しており、欧州で唯一、台湾との外交関係を維持する国だったのに……。

ユニセフによると、世界で一億千七百万人以上の子供がはしかの予防接種を受けられずにいる。今後はしかの大流行も懸念されている。

インド北部では、外出禁止令に背《そむ》いて出歩いていた、イスラエルやオーストラリアなどからの観光客十人が、警察に捕まり、見せしめとして「大変申し訳ありませんでした」と紙に五百回書かされるという罰を受けた……。

国内では、大阪市の松井市長が「防護服が足りない。新品の雨ガッパを送って」と言いだし、大阪市庁舎に十万着以上届き、溢れかえった。これには「戦時中を思わせるパフォーマンス」「マスクや防護服とは違い、雨ガッパは不足してない。Amazon でも売ってる」と批判や疑問の声が多い。韓国でも驚きの声が上がっており、いままさに韓国の Twitter で〝大阪市長〟がトレンド入りしている……。

東京都が、飲食店への補償や医療への支援についての具体案を発表した。大阪府も、休業する個人事業主に対し五十万円など、支援策をまとめた。

だが国は、個人への十万円の給付金の詳細が決まらず、揉めている。自民党の二階幹事長が「所得制限をつけるべき」と言い、公明党の山口代表が首相と会談して「いや、所得制限なしで全員に配るべき」と意見し……？

また、国は、知事たちの要請があまりにも続いたため、すべての都道府県に〝緊急事態宣言〟を広げることにした。って、遅いなぁ……。

神奈川県の保健所で、ＰＣＲ検査の検体取り違いが起こり、べつの病気で亡くなった方が新型コロナ患者として火葬されてしまった。ご遺族はご臨終に立ち会えなかったという……。

栃木県の日光東照宮では、東京から参拝客がくるため、その歴史上初めて拝観停止となった。

アイドルグループ嵐が五月に予定していた新国立競技場のこけら落としコンサートが延期に。

皇室では、十九日の立皇嗣《りっこうし》（秋篠宮様）の礼が延期になり、来月の春の園遊会は取りやめに。

全国の学校では、春の修学旅行が続々秋以降に延期に。

アニメＤＶＤ、ＣＤ、漫画『鬼滅の刃』最新刊なども、店舗に人が集まるのを避けるため、つぎつぎ発売延期だ。

タレントの石田純一さんが感染した。緊急事態宣言後の四月十日に東京から沖縄に飛び、現地で症状が出たとわかり、全国からもう非難囂々となっている。

テレワークを阻む原因の一つが、古来の〝はんこ文化〟。はんこのためだけに出勤せねばならない人もいる。だが、日本ではＩＴ担当大臣とはんこ議連会長が同一人物であり、「みなさん、はんことデジタル化の共存を」と語っている。

保健所では、医師が新型コロナ患者について提出する発生届などが、ダウンロードしてプリントアウトし、手書きで書いてFAXするというアナログなシステムで行われているらしいと、SNS上がざわついている……。

さて、夕方。わたしはいつもの町を、またあてどなくゆっくり歩いた。

タクシーはたくさん走っているが、空車ばかりだ。一台だけ客を乗せており、窓が全開だった。

不用品回収車がやけに多いなぁ。みんな、家にいて大掃除をしたりで、不用品がたくさん出るのかな？

仕事でこの町にやってくる軽トラや大型バンが町から姿を消し、代わりに、えっ、みんなこんな車を持ってたのと驚くような、漆黒のジャガー、ルパン三世が乗っていそうな真っ赤なイタリア車、ピカピカのスポーツカーが道を走っている。……なるほど、人に会わずに出かけるとなると、ドライブになるというわけか。

## 四月二十日（月）

七日に緊急事態宣言が発出され、最初の十日ぐらいは、わたしは少し興奮状態だった。ある種の〝非日常ハイ〟だったのかもしれない。

ここ数日、そのテンションが落ちてきたので、無理しないようにと、ちょっとゆっくりペースで仕事するようにしている。

しかし、この年齢の自分もこうなのだから、これから人生が始まる若い人たちは、一体どんな気持ちでいるだろうかと思う。新入生や、新社会人や、就職活動中の人……。若いときの一ヶ月、半年、一年という時間は貴重なものだ。本来しなくていい苦労は誰にもさせたくない。

夕方。「あぁ、買い物という名目で外に出たいな！」と、やけにはっきりと、大きな独り言を言った。ドラマの登場人物の独り言みたいに聞き取りやすかった。えっ？　今の、何……？　そこで、やばめの独り言に従い、ぶらりと外に出た。

コインランドリーの前を通った。さいきんずっと、お客さんの姿がなく、しーんとしている。わたしもここの大型洗濯機で毛布を洗うつもりだったのだが、不特定多数の人が使う洗濯機は怖く、今は避けている。……あれ、久々に中に誰かいる、と思ったら、オーナーさんらしき男性が一人、黙々と掃除していた。

いつも忙しそうだったオフィス街の郵便局も、ガラガラだ。

仕立て屋のドアに「引き取りのみ対応中」という張り紙がある。あぁ、確かに、採寸にも感染リスクがありそうだな……。靴修理店は閉まっており、「修理途中の靴はお預かりしてます！」と書かれている。

薬局には「マスク売り切れ」のでっかい張り紙が。一方、立ち食い蕎麦屋、雑貨屋、ミニ催事場、タピオカ屋など、町中の個人商店の前で、英語か中国語のパッケージの謎マスクが売られている。これらはさいきん〝ナゾノマスク〟の通称で呼ばれている。不織布は一枚百円、ウレタン製は三百円ぐらいが相場のようだ。

一方、政府の〝アベノマスク〟のほうは、まず自治体に届いた妊婦用の千九百枚が、変色したり、髪の毛が混入したりしていたと、不信の念が広がっている。

大手家電メーカーのシャープは、二月末から不織布マスクの製造に乗りだし、三月末から政府に納品していたが、明日からいよいよ一般向けにも販売し始める。一日につき五十枚入りを三千箱、値段は一箱二九八〇円（税別）だという。……って、これはいよいよ、友達の予言通り、〝町で買えるようになってからアベノマスクが届く〟ような気がするぞ。

おじいちゃんマスターの喫茶店に、豆を買いに寄る。「よく飲んでたエチオピア・ゲイシャの豆にしようかなぁ」というと、マスターも「おぉ、飲んでたねぇー」と懐かしそうにうなずく。

地元の〝三社祭〟も秋に延期になり、春になるとあちこちで毎週のようにあった大小のお祭もすべて中止で、「ここいらもすっかり静かなもんだ……」と言う。

ナゾノマスクの話題にもなる。駅前で五十枚五千円で売ってたと話すと、先週は同じ場所で五十枚一万円だったと教えてくれた。えーっ、高っ！　マスターは「いやぁ、こんなときに儲けるような奴がいるんだなぁ……」としみじみしていた。

帰り、「豆はここでずっと売ってるから安心していいよ」と背中に向かってポツリと言われ、ほっとした。いつのまにか、いつもの店のいつもの味に支えられるようになっているなぁ。

気づけば、コーヒーだけでなく、テイクアウトのお弁当も新規開拓をやめ、食べ慣れたいつものお店のいつものお弁当を買っている。

しかし……だ。

人間とは、こうして、危機的状況において保守化していくのだろうか、と怖くも感じ始めている。日々の変化を観察しつつ、こういうときは、あまり自分を過信しないようにせねば、とも思う。

国内では、フリーの赤江珠緒アナウンサーの感染もわかった。どうも富川アナウンサーの出演する「報道ステーション」のディレクターである夫からの家庭内感染らしい……？

また、先週の文春砲によると、いまテレビでやたら流れている小池東京都知事による注意喚起ＣＭは、予算九億円。六月に控える都知事選の選挙運動を税金で行っているようなもの、らしい。選挙二ヶ月前の今月十八日からは、メディアで選挙活動を流せない決まりなので、テレビ局が意見したが、都は聞き入れず、ずっと流し続けていると。……確かに、うちのつけっぱなしのラジオからも、しばらく「みなさん！　東京都知事の！　小池百合子です！」というCMが流れていたなぁ。

　千葉県の佐倉ふるさと広場では、今年もチューリップフェスタの季節を迎えた。だが、早朝から観光客がくるため、職員が八十万本のチューリップをすべて刈り取ったという。同じころ、兵庫県のたんとう花公園でも、百万本のチューリップが刈り取られた。

iPhoneSE の発売が、二十七日から来月十一日に延期に。

「エヴァンゲリオン」映画の新作も公開延期に。ファンは八年待ったが……。

　室内で遊べるNINTENDOswitch のゲーム『あつまれ　どうぶつの森』が世界中で大人気となり、ゲーム機は品薄状態に。

　テレビ各局では、新作ドラマの撮影が中断し、再放送ループに。二〇〇五年に放送された『野ブタ。をプロデュース』の再放送が高視聴率となっている。

　一九七九年からのご長寿漫画『キン肉マン』が、アシスタントとの三密が避けられないため、しばし休載に。作者のゆでたまご先生は「この漫画のテーマは友情パワーであり、今は世界的に〝何もしないこと〟が最大の友情」とコメント。

　一方、マガジンで連載中の新人漫画家、恵口公生《キミオ》さんは、十六日に『キミオアライブ』一巻が発売されたものの、多くの書店が閉まり、新人にはあまりに不利なタイミングだったため、Twitter で冒頭部分を無料公開したり、その状況そのものをエッセイ漫画にするなどし、購買を広く訴え。これには応援の声が集まっている。

現在、全国の六十％以上の書店が閉まっているという。Amazonなども、生活必需品の注文で逼迫しているのか、人気漫画の続刊が品切れだったりと、いつもと在庫状況が違うようだ……。それに、出版界では小説の賞が春から秋に延期されたりもしている。

国際線が九割減となった航空大手ＡＮＡは、代わりに貨物輸送の依頼が増えたため、旅客機の貨物室や客席や頭上の荷物入れを使い、変則的な貨物輸送に力を入れている。ＪＡＬも同様で、ちなみにヘルシンキからの便にはいまサーモンがぎっしり乗っているという……。

世界では、Ｇ７首脳テレビ会議がまた開催された。アメリカは改めて、ＷＨＯの中国寄りの姿勢を非難。いよいよ世界は〝アメリカ対中国〟の図式になっており、中国は〝マスク外交〟で欧州各国を味方につけつつある、のかな？

アメリカの製薬会社がエボラ出血熱治療薬として開発したレムデシビルが、新型コロナにも有効との説があり、各国で治験が始まっている。日本の富士フイルム富山化学が開発したインフル治療薬アビガンも同様だ。

アメリカ中西部のミシガン州では、外出制限への抗議デモが起こっている。近隣のオハイオ州でも、保守派の一部が行動制限解除を求めて議会に押し寄せた。するとトランプ大統領がTwitterで「ミネソタを解放しろ、ミシガンを解放しろ、ヴァージニアを解放しろ、攻撃されてる」と大文字で強調して煽った。この三つの州の知事はいずれも民主党だ。抗議デモはテキサス州など三州にも広がり、大統領が煽り続けているが、一方で、あまりに同時発生的、かつ人数は数百人ずつと少ないので、「誰かが陰で糸を引いているパフォーマンスでは？」と疑う声もある。

ブラジルのサンパウロ市でも、ボルソナロ大統領を支持し、隔離措置に抗議するデモが起こっている。

一方、ニューヨーク州では、入院患者が減少。クオモ州知事が「ピークは過ぎた」と語っている。

台湾では十三日以降、感染者ゼロが続いている……。

バチカンでは、ローマ教皇が復活祭のミサを少人数で行い、「今は武器を作るのではなく、命を救うために巨額を費やすとき」「〝無関心〟と〝分断〟という言葉を永遠に封印したい」と説いた。

イギリスでは、ジョンソン首相が、退院翌日の十三日、Twitterに動画を投稿。医療関係者に強い感謝の意を述べた。命の危険のあった間、四十八時間も付き添ってくれた二人の看護師「ニュージーランド南島のインバーカーギル出身のジェニーとポルトガルのポルト近く出身のルイス」などの名を呼び、礼を述べた（この看護師たちは移民ということだろうか……？）。

さて、エチオピア・ゲイシャの豆を買い、ぷらぷらとゆっくり歩く帰り道。いつもの大通りに、カップルがやけに多いと気づいた。お店に入るでもなく、ただそぞろ歩いている。まるで〝外を歩き続ける〟ことが新しい娯楽になったように。

歩き回る気持ちは痛いほど共感できるものの、何か違和感があって、考えこむ。……あっ、そうだ！　距離、距離が近いのだ！　おととし欧州を旅行したとき、たまたまだったのかもしれないが、韓国からきたカップルは韓流ドラマそのものの姿でぴったり寄り添い、囁きあったり笑ったりして歩いており、日本からきたカップルはクールに距離を取って並んでいた。でも、今夜のこの町のカップルは、あの日わたしがパリやロンドンで見た韓国からのカップルのように、ぎゅっと手を繋ぎ、固く寄り添っている。

何かは、わからないが、みんな、何かが変わってきているように感じる。それが何かは、まだわからないが。でも、とにかく、何かが、変わってきているのだと。

## 四月二十四日（金）

……太った！

テイクアウトのせいだ……。鏡の中に強烈な違和感があり、しばしポーズを変えたり、角度の工夫もしてみたものの、現実は何ら変わらなかった。……これが噂のステイ・ホーム太りか。

さいきん、やたら花を買っては、部屋のあちこちに飾ってもいる。芍薬、バラ、マーガレット……。飾っても飾っても、足りない気がするのだ。

今日もまた花屋に行こうと、夕方ふらっと外に出た。

おや？　近所の焼肉屋の前がやけに盛況だ。遠巻きに眺める。表に段ボール箱をたくさん積みあげており、どうも青空八百屋を始めたようだ。にんじん、じゃがいも、たまねぎ、レタス……見ているまにも飛ぶように売れている。確かに、スーパーで買うより、青空八百屋のほうが感染リスクが低くて安心だよなぁ。

それにしても、この町ではもう、どこが何屋なのかの底が抜けてしまったようじゃないか。公園はカフェに、タピオカ屋はマスク屋に、そして焼肉屋は八百屋に……。ちょうど戦後の闇市の資料を読んでいるところなので、あのころも少しこんな雰囲気だったのかなと考えたりもした。

人気の手拭い屋さんで、カラフルな手拭いマスクを売っていた。かわいい！　試しに買ってみる。

裏通りの担々麺屋の店先で売られているナゾノマスクが、十枚千円から七百円に下がっている。先日、仕入れ値が一枚三十〜六十円だという報道を見たので、これ以上下げたら原価割れするのだろうと思う。

世界でも、フランス、ポーランドなど、マスク着用が法律で義務化されつつある。ニューヨークの町角にもナゾノマスクの露店が並び、フランスでは、布マスクを手作りする必要があるからと、手芸店の営業が許可された。世界のマスク狂想曲はまだまだ続きそうだ……。

昨日、女優の岡江久美子さんが亡くなった。三日に発熱し、六日に急変、入院されていた。フリーアナウンサーの住吉美紀さんも感染。四十度の高熱を発し、入院している。

タレントのミッツ・マングローブさんは、症状が出たため、自主的に自宅待機中だ。保健所に相談したが、熱が三十七・五度以下なので検査が受けられないらしい。「コロナっぽいまま外出し続けている人もいると思って、公表します。自分も決断するのに一日かかりました。こんな宙ぶらりんの人が日本中に大勢いるはずです。どうやって待機し、社会復帰すればいいかを一緒に考えていきたいです」と。

ビビる大木さん、近藤春菜さんは発熱、大竹まことさんは喉の痛みなど、体調不良を訴え、念のため番組出演を見合わせる芸能人が増えている。これは、症状が出てからも番組出演を続けた富川アナウンサーや、正偽不明だが感染前にライブハウスの客席にいたとの噂がある宮藤官九郎さんなどが、ネットでいま強い批判にさらされていることが影響しているのかもしれない。

国内の四つの山岳団体が、「今は登山を控えて」という共同声明を発表した。地方都市に感染を広げたり、遭難して捜索隊に感染させたりする危険があるためだ。日本サーフィン連盟も全国のサーファーに「外出自粛を」と呼びかけているところだ。

ＪＲＡは、日本ダービーを無観客で行うことにした。プロ野球とＪリーグでも、試合再開する場合は無観客となるらしい。

大阪府の吉村知事が、自粛要請に応じず開店しているパチンコ店を、メディアを通じて強く非難し続け、ついには店名を公表した。

世界では、感染者総数が二百七十万人を超えた。スペインの感染者が二十万人を超え、アメリカに次ぐ世界二位になった。

ネパールでは、一ヶ月前にロックダウンしたのだが、そのときヒマラヤ登山していた外国人約千人が、首都カトマンズに今も足止めされている。「山から降りてきたら世界がパンデミックになっており、何が何だかわからない」と。

イスラム圏の国では、今日からラマダンの月が始まる。日中は断食し、夜は町で賑やかに食事する習わしなのだが、今年はステイ・ホームが広く呼びかけられている。

ロイターの記事によると、トルコの難民キャンプから、感染を恐れるシリア難民数千人が、故郷を目指して旅立った。紛争は沈静化しており、すでに十万人以上が帰郷しているが、医療設備は整っておらず、感染拡大した場合のことが懸念されている。「今は春で、静かで、空気はきれい。我々は故郷に戻った。群衆はおらず煙もない。危険ではあるが、それについては何もできることはない」と……。

アメリカのニューヨーク州では、すでに感染し抗体を持つ人の割合を調べるため、任意の三千人の抗体検査が始まっている。この割合が多ければ、早めに経済活動を再開できるためだ。結果、七人に一人が抗体を持っており、都市部でとくに多いとわかった。クオモ州知事は外出制限の緩和の時期を地域によって変えることを検討し始めている。

そのころトランプ大統領は「強い紫外線を体に当てるといいんじゃないか」「消毒液を注射するのもいい」「わたしは医師ではないがいいことをたくさん知っている人間だ」と主張。医師たちから批判の声が上がっている。この発言で消毒液の販売数が激増し、飲んで健康被害を起こした例も報告されている。また、大統領は抗マラリア薬ヒドロキシクロロキンも推奨しており、効果に疑問があると意見した政府の専門家を解雇したとされている……。

アメリカのブロードウェーでは、四十一歳の男性ミュージカル俳優が、感染し、足に血栓ができ、右脚を切断することになってしまった……。

さて。ぷらぷらとゆっくり歩いて、花屋についた。ピンクの芍薬と、鮮やかな赤い花が咲くサボテンを買った。

花屋さんは、「いや、緊急事態宣言が、五月六日でほんとに終わるとはとても思えないよね」と饒舌だった。確かに、〝政府高官が時期を延長すると言っている〟という報道を見たばかりだ。「だいたい一月《ひとつき》やそこらで落ち着くように見えないよ！　なんだかんだで来年までこんな生活なんじゃないかな。ねぇ？」と言う。わたしも「ですよねぇ……」とうなずいた。

一歩一歩歩き、じわじわと、緊急事態宣言が延長されてこの生活がまだ続くことを覚悟しながらの、帰り道。ポーン、と音を立て、友人からLINEが届いた。先日の〝カップルが手を繋いでしっかり寄り添ってる件〟への返信だった。「『終わっていく世界で僕ら二人きりだね』って超盛りあがってるんだよ、それ！」という。「世界の終わり、そして君と僕、ってこと？」「そうそう」「そ、そ、それ……〝セカイ系〟だよ！」「……はい？」「そういうジャンルがあるの！　うわぁ、まさか、二〇二〇年の春、セカイ系の世界が現実になるとはっ……！」「何？」というやりとりをする。

と、スマホをいじっているうちに、あぁ、せっかく出かけたのにまた帰宅してしまった……。さいきんは、スーパーも密なので、都から「買い物は家族で行かず、代表者一人で行くこと」「毎日行かず、三日に一度程度に」と呼びかけられていたりで、出かける用事もなかなかみつからないのだ。

仕方なく、部屋でごろごろし、Twitterを眺めていると、〝俺コロナおじさん〟が話題になっていた。「俺はコロナだぞ！」と騒いで逮捕された中高年男性が全国で十二人もおり、しかもなぜか愛知県に多い。すぐ近くの大阪府にはいないことについて、大阪在住の作家さんが鋭いご指摘をされていた。「この町にもたくさんいるけど『はいはい』と流されているだけでは」と。

なるほど、つまり、〝ボケ〟として片付けられているのか。これは、うむ、可能性大だ、と思う。

## 四月三十日（木）

さて、ＧＷだ。

だが、今年は「ステイ・ホーム週間に！」と都知事が広く呼びかけている。

東北六県と新潟県の知事なども、県をまたぐ帰省、旅行自粛を訴える〝東北・新潟緊急共同宣言〟を発表。観光客の多い鎌倉でも、市長と観光協会が「今は来ないで」と訴えたり、すべての海岸に自粛要請の看板を立てたりしている。沖縄県知事は、航空会社の予約状況からすると、一万五千人が観光にくるとわかり、「今はキャンセルして！」と繰りかえし訴えている。

それらの甲斐あってか、新幹線はガラガラで、どうやら移動の自粛はある程度守られているらしい。

そして、緊急事態宣言は……？

大方の予想通り、五月末まで延長されることになった。

午前中、散歩でもしようと、ぷらっと外に出た。天気もよく、もう暑いほどだ。今日みたいな晴天の日は、気持ちも明るく、足取りも軽い。でも曇っている日は若干重くなるようだ。

室内にいる時間が長いのに、天気に左右されやすくなるなんて、ちょっと不思議だなと思う。

　マンションのエレベーターに乗る。壁に、日に日に、苦情の張り紙が増えていく。煙草の吸い殻が落ちてる、犬が粗相をしてる、ガムが貼りつけてある、などなど……。なにしろみんな室内にいるから、互いのことが気になるのだろうか。

　駅前を歩く。缶ビールをプシュッと開けながら、駅に続く階段を下りる男性を見る。そういえばもうずいぶん電車に乗っていないなぁと気づく。まぁ、改札もホームもガラガラで、飲酒を見咎める人なんていないのだろうな。

　テラス席がある公園横のピザ・カフェの前を通りかかる。テラス席の客はまばらで、互いに離れて座っている。飲食中だから、みんなマスクを外している。あっ、マスクしていない人の顔を久しぶりに見たなぁ。どの顔も土気色で、表情も重たく、ぎょっとする。道行く人も、自分も、じつはマスクの下でこんな顔色をしているのかな、と思う。

　端の席でMacBookを広げてテレワーク中の女性が、ビルケンシュトックのサンダルを履いた両足を道路に向かって投げだしている。爪先が赤く変色し、外反母趾で関節が尖り、見るからに痛そうだ。普段はパンプスで出社させられてるのかな、と#KuToo運動を思いだす。

　ピザ・カフェでコーヒーをテイクアウトし、公園に持っていき、ベンチに座った。

　でも、すぐ立ちあがった。

　さいきん、どこに行っても、人の声がやけに大きいのだ。人とあまり話さなくなり、ボリユームがおかしくなったのかな？　それともストレスのせい？　今も、子供と遊ぶお母さんたちの声が、前の二倍にも三倍にも聞こえ、しかもキンキンと甲高い。明るい声なのに悲鳴のようだ。

飲みかけのコーヒーを片手に、そっと帰る。

……お母さんたちは、ほんとうはくたくたに疲れてるのに、明るく楽しく子供と遊んでるのかな？　ただただ頭が下がる。

東京都練馬区のとんかつ屋の三代目店主が、休業中の店舗で、自ら亡くなった。マラソンが趣味で、東京オリンピックの聖火ランナーに選ばれていたが、今月から休業。「もうどうやってもだめだ」と漏らしていたという。

全国の保健所長会が、オンライン会見を開き、過酷な労働状況について訴えた。緊急医療も切迫しており、感染者で手いっぱいでほかの急患を受け入れられない救急病院が増えてきている。

東京や大阪など十八の都府県の知事から「休校が続く学校をこの際九月入学に変えてはどうか」という案が出始めている。

小泉進次郎環境相は、感染リスクの高いゴミ清掃員を元気づけるため、ゴミ袋に「ありがとう」などの感謝メッセージを書くことを推奨している。……わたしは、フェイクニュースかと思って確認し、本当のことで、驚いた。

星

クラリッセ・リスペクト

出版のご案内

2021年 本屋大賞 ノミネート!!

推しが、炎

ファンを殴

推《お》

しまおまほ

祖父敏雄の思い出、両親との旅行、息子がいる日常……友人のような家族と、家族のような友人の距離をユーモラスに描く六十篇。

▼一八九二円

久世光彦

久世光彦に関わった「女」たちを想うエッセイ二十四篇。常に女に翻弄されながらも女を求め続けた久世による純粋無垢な女性賛歌。

▼一八九二円

あり

があるさ編

出書房新社編集部編

大好評シリーズ第十五弾。六〇〜一〇〇歳超えの全国のリアル・シルバーがよんだ爆笑&しみじみ川柳傑作選。毒蝮三太夫氏スイセン!

▼一二〇〇円

福島伸洋訳

〈僻地〉からリオにやってきたマカベーアは自分が不幸であることを知らなかった。ウルフやマンスフィールドと並ぶ巨匠の代表作。

大阪府知事は「大学や研究機関など〝オール大阪〟でワクチンを開発中。七月に治験を始め、九月には実用化する」と会見で述べた……。

コンビニ大手ローソンが、全国の店舗で、トイレ、灰皿、ゴミ箱の使用を一時休止とした。

タレントの岡村隆史氏が、ラジオで「コロナが終息したらぜったい面白いことがある。容姿端麗な女性が貧困に陥り、性風俗で働きだす。客となる自分たちは楽しみだ」という発言をし、社会問題になっている。わたしは、〝他者の困窮を自分の幸運として語ることができる〟のは、〝自分さえ無事なら他の人のことはいい〟ということであり、これは失言ではなくて、人間という存在への考え方そのものの問題だったと思う。

全国高校総体が中止になった。

世界では、感染対策とともに、原因究明の動きも大きく出てきている。オーストラリアがＷＨＯに「各国に発生状況の独自調査を求めたい」と要請。これに中国が猛反発。どうやら調査したくないらしく、駐オーストラリア中国大使が「中国人はオーストラリアの商品を買わなくなるぞ。旅行にも行かないぞ」と脅しの言葉を述べた。オーストラリアはこれに強く抗議している。……って、アメリカも中国もジャイアンみたいだ。これではまるで〝ジャイアン対ジャイアン〟じゃないか。

アメリカの東部ニュージャージー州の介護施設では、十七名の入居者のご遺体がみつかった。職員たちも感染し、お世話が立ちゆかなくなったと推測されている。これは匿名の通報により事態が発覚した。ご遺体は収容人数四名の安置所に重ねられていた。

カナダのモントリオールの介護施設でも、三十一名の入居者が亡くなり、職員は二名を残し離職してしまった。百三十名の入居者は、食事も排泄もままならなくなり、床に倒れてしまっている方もいた。カナダ全体の死者約一二五〇〇人のうち、半数は介護施設で亡くなった高齢者だ。

イギリスでも、約一ヶ月で四千人以上が介護施設で亡くなっており、この中に感染者が多く含まれていると推定されている。

その一方、三十〜四十代の患者には、血栓ができ、脳梗塞を起こす症例が多いことがわかってきた。その印として、足の指に霜焼け状の赤い模様が浮かびあがり、これは〝コロナの爪先（covid toes）〟と呼ばれている。

航空大手のイギリスのブリティッシュ・エアウェイズが職員の三割を、アメリカのボーイング社は一割を削減する見通しだ。

さて、公園からの帰り道……。

入ったことのない、緑の扉と窓のイタリアンレストランの前に〝クラフトビールのテイクアウト〟の看板があった。つい寄って、一杯買い、軒先の赤いベンチで一気に飲んだ。あっ、これはうめー……。暑い日で、じつにしみじみおいしい。

それで、懐かしくなり、遠回りして、川沿いの〝クラフトビールのバー〟の前を通ってみた。やはり、閉まっていた。あぁ、またこの店でシャンディガフとポテトフライで晩酌したいなぁ……。思いだすのは、特別な何かじゃなく、そんなあまりにささやかなシーンばかりだ。

公園に響く、悲鳴のようなキンキン声や、花屋さんとの会話、缶ビール片手に駅の階段を下りる男性の後ろ姿や……。いろんなシーンが頭の中に同時に蘇る。そして、いまのこの生活、わたしたちひとりひとりの日々、ひとりひとりの生き死にが、かけがえのない〝稗史〟なのだと、改めて思う。

でも……。

国家たち、つまりジャイアンたちにとっては、国際政治で優位に立つこと、経済力を保つことが、もっとも優先すべきことであり、それに比べれば、人命なんて、所詮、何万、何十万という数字に過ぎないんじゃないか？　今も、「一人でも多くの国民の命を助ける」のではなく、たとえば「十万人は死ぬが経済は回復する」ほうの道を、常に選んでいるのではないか？

これが正史の正体か。

毎日、太平洋戦争の資料に埋もれているせいか、いま、余計そう思える。

いつの時代も、きっと政治や戦争はこうだった。だからこそ、〝たった一つの命の絶対的価値〟のために、芸術や哲学は人間から必要とされ続けているのではないか？

自分には、小説家という職業の最低限の倫理というものがあり、生きている間は、〝たった一つの命の絶対的価値〟のための稗史を記録し続けねばならない。

## 五月六日（水）

さすがに、この町でも、海外からの観光客を見かけることがなくなった。

でも、今日薬局チェーンの前を通ると、まだ切り替えられていないらしく、中国語の案内放送が大音量でかかっていた。閉店中のゲストハウスの前にも、英語やアラビア語など各国語の案内板が貼られたままだ。

ほんの二ヶ月前までは、海外からたくさん人がきて、スーツケースを引っ張ってこの道を歩いていたなぁと思いだし、懐かしくなる。

午後の遅い時間になっても、町のあちこちにゴミの山がうずたかく積まれている。家庭ゴミが増え、収集が追いつかないというニュースを見たので、あっ、ほんとだ、と思う。家で飲む人が多いのか、どこのゴミ捨て場も、ビールの空き缶やワインのボトルがものすごい量だ。

今日はＧＷ最終日――。

緊急事態宣言は延長されるものの、明日から少し日常が戻ってくる予感もしている。〝いつものカフェ〟も、テイクアウトのみ営業再開することになったらしい。スタッフのお兄さんがインスタのメッセージで親切に教えてくれ、わたしはそれを読んで「いやっほーう！」と言った。

おととい、専門家会議が開かれ、〝新しい生活様式〟なるものが決められた。マスク着用、二メートルの社会的距離、手洗い、毎日の体温測定、テレワーク、通販、電子決済など……。なるほど、つまり、元の生活に戻るのではなく、コロナとともに生きる新しい生活をしましょう、というわけだ。

わたしも、現金の買い物を減らし、PayPay、PASMO、クレカなどを使っている。友人と「これってさ、元の世の中には戻ることはないから、変化にゆるゆると対応して生きていかなくちゃってことだよね」と話した。

それにしても、だ。

これから描かれる小説や映画や漫画などの物語は、すべて〝アフターコロナ〟の世界なのだ！　ふと気づき、くらくらくらっとする。

さて、世界はどう変わるのだろう？

わたしたちの生活は……？

強く力を込めると、衝撃でバキンッと折れてしまうような予感がするので、ゆるゆる、ゆっくり、見ていこうと思う。

撮影休止が続く大河ドラマは、どうも六月以降一時放送休止となるらしい、と報道されている。朝ドラのほうも六月末にはストックが切れそうだ、と。

東京都の二十代の女性会社員が、味覚異常が出ているのにGWに山梨県に帰省。その後、感染者の濃厚接触者だったとわかり、山梨県でPCR検査を受けた。そして陽性の結果を受け取ったのに、こっそり高速バスに乗って東京に戻り、もう非難囂々で大炎上している……。世界では、感染者総数が三百万人を超えた。

しかし、ニュージーランドでは新規感染がゼロになり、香港も二日続けてゼロに。タイでも七日連続で十人未満になるなど、世界の感染者数増加は落ち着いてきている。イタリア、スペイン、ベルギーなどでも続々ロックダウンを緩和。イランでは、首都以外の主な町のモスクが再開され、マスクと手袋と社会的距離で対処しつつ、礼拝も行えることになった。

つまり、厳しい対策を取った国々では収まりつつあり、ブラジルやロシアなどではまだ拡大が続いている、ということのようだ。

一方、スウェーデンは、国民の自主性に任せて比較的自由に暮らし、集団免疫をゆるやかにつけていくという独自の方法を続けており、その結果が世界から注目されている。しかし、感染者一万六千人中二千人が亡くなるなど、いまのところ致死率の高さが不安視されている……。

アメリカでは、トランプ大統領が「コロナウイルスが武漢の研究所から出たものだという証拠を見た」と発言。ニューヨーク・タイムズ紙は、政府高官が情報機関に「武漢の研究所から出たウイルスだという証拠をみつけろ」と強く要求していると報道した。ワシントン・ポスト紙は「十一月の大統領選に向けたパフォーマンスだろう」と予想。中国国営テレビはこれを「狂気の沙汰だ」と一蹴している。

アメリカのミシガン州では、小売店の警備員が客に射殺された。州知事命令で、外出時のマスク着用が義務付けられており、ノーマスクの客に注意をしたところ、いきなり撃たれたと……。

一方、中国の学校では、マスクをして体育の授業に出た生徒が倒れて亡くなる事件が相次いでいる。原因はまだ不明だが、マスクによる熱中症が疑われている。

さて、この夜。

もう二ヶ月近く美容院に行ってないので、思い切って、セルフカットしてみた。前髪がのびると、つい顔を触ってしまうし……。それに、すっきりしたいし。

最初は、YouTube のセルフカット指南動画を観ながら少しずつ切っていたが、徐々に大胆になり、ざくざく切ってベリーショートにした。すると気持ちも不思議とスカッとした。

さぁ、アフターコロナの世界へ……。

# 四　新しい生活

## 五月七日（木）

GWが終わった。

今日から、地方都市のデパートや飲食店などが続々営業再開する。

依然として感染の危険はあるものの、経済ももう限界。マスクや消毒スプレーで感染防止に努めながらの少しずつの再開、ということだろう。

つまり、今日からわたしたちは〝新しい生活〟の世界に足を踏み入れたのだ……。

朝、犬の散歩に出た。マンションのエレベーターで子供二人連れのお父さんとすれちがい、「おはようございます」「どうも」と挨拶しあう。歩きだしてから、ふと、住人と声を出して挨拶したのが二ヶ月以上ぶりだと気づいた。

スーツ姿でリュック型書類鞄を背負った男性が、自転車で颯爽と通勤していく。

工事現場も工事を再開しており、町のあちこちから大きな音が響く。

タワマンの前では、植木屋さん三人組が、シャキン、シャキンと剪定《せんてい》作業に忙しい。

道路にも一気に車が増えている。ずっと無人だったコインランドリーから、洗濯機がゴォゴォと回る音が響いてくる。大通り沿いのおしぼり業者のシャッターも久しぶりに開いており、おしぼりを山と積んだ軽トラがいまにも発車するところだ。ついテンションが上がり、思わず「おしぼり屋さん、始動っ……」と独り言を言った。

お昼前。久しぶりに、木造二階建ての〝いつものカフェ〟に行ってみた。今日からテイクアウトのみ再開なのだ。

一階の入り口の左側に、注文カウンターと厨房を兼ねたスペースがあり、ここが透明なアクリル板できっちり仕切られていた。スタッフさんたちも、アクリル板に守られているぶん、リラックスして見え、ほっとした。

コーヒーを頼み、軒先のベンチでゆっくり飲んだ。あぁ、人が淹れてくれたコーヒーはおいしいなぁ、としみじみした。

と、ちょうどオーナーさんが、小学生の息子さんお二人と一緒に、紙袋を抱えて入ってきた。わたしを見て「こんにちは。銀行の裏にハンバーガー屋さんがオープンしたのを知ってます？」と教えてくれた。紙袋の中には、テイクアウト用の四角い箱が五つ。どうやらスタッフさんのランチ用に買ってきてあげたらしい。

一番上の箱にだけ、〝トマト抜き〟と油性ペンで書いてある。

そっか、トマト食べられない人が一人いるのか……。

また、あぁー、人間だ、ここに人間がいるぞ、と噛み締めた。今日はなんだか、こんなささやかなことまで感無量だ。

そこに、常連のおじいさんも「久しぶり！」とやってきて、コーヒーを頼んだ。と、スタッフさんからランチのハンバーガーのことを聞いたらしく、「果物屋でデザートを買ってきてやるよ！」とめっちゃ走って出ていった。

と、外の歩道でくるっと振りかえる。「苦手な果物、ないのかーっ」「わたし、トマトーッ」「いや、トマトは野菜だろーっ」という会話を、にこにこして聞いた。おじいさんの背後には目の覚めるような青空が広がっている。

中国では、故宮博物院や上海ディズニーランドの営業が早くも再開されている。

一方ロシアでは、病院当局の対処法に抗議した医師三人が、相次いで窓から転落し、うち二人が亡くなったという……。

さて、〝いつものカフェ〟からの帰り道。工事現場の前で、年配の警備員さんに「このへんに百均ショップない？　帰りに茶碗や帳簿を買いたいんだよねー」と聞かれた。……わたしは昔から人に道を聞かれやすいたちで、いや道どころか、喫茶店、ランチのおいしいお店の場所を聞かれることもある。だがこの二ヶ月ほど、そんなこともぴたりとなくなっていた。警備員さんに百均の場所を教え、マンションに帰る。と、エントランスで、ジョギングに出てきた男性とすれ違い、また「どうも」「どもー」と、以前のように軽快に挨拶した。すっかり明るい気持ちで、集合ポストを開ける。と、なんと……〝アベノマスク〟がポッンと届いていた。

例の友達の予言を思いだし、思わず「……わっ、当たった！」とつぶやいた。

## 五月十四日（木）

朝七時過ぎ、犬の散歩に出た。

資源ゴミの回収日で、相変わらず、町中のゴミ捨て場にビールの缶やワインのボトルがうずたかく積まれていた。みんな酒量が増えたのかな？　それとも、外の店でもともとこれぐらい飲んでいたのか……？

大型マンションのゴミ捨て場の前に、軽トラが停まっていた。会社員風の男性が、管理人のおじいさんと喋りながら、空き缶と空き瓶の袋を荷台に積みこんでいる。「もう仕事がなくて！　何かありませんかね！」と相談する声が聞こえてくる。臨時で資源ゴミを集める仕事を始めたのかな？　新しい世界で、臨時の仕事をどんどん進める姿に、ぐっと感銘を受ける。

管理人さんが「まぁ、いまはなかなかねぇ……」と答える。その顔をふと見ると……アベノマスクだ！　実際に使ってる人を初めて見た！　やはりサイズが小さいらしく、管理人さんのあごもマスクからかなり出ていた。

近所のドトールも営業再開し、出勤前に朝ごはんを食べる人たちで混んでいる。席数が約半分に減らされ、端のスペースに、余ったテーブルや椅子が天井までぎゅうぎゅうに積まれている。

あのピザ・カフェのオープンテラスにも、客がいる。飲食中でマスクを外している顔たちを、また見るが、みんなだいぶ顔色がよくなったように思える。

朝七時台なのに、駅からどんどんスーツ姿の通勤の人たちが出てくる。時差出勤かな？ これ、早く出勤したぶん、ちゃんと早く帰れるのかな……と、ちょっと思う。

お昼過ぎ、おじいちゃんマスターの喫茶店に、コーヒー豆を買いに行った。すると「エチオピア・ゲイシャの豆、今あるので最後だよ」と言われた。ちがうところの豆も仕入れてみたが、「味は同じだけど香りがちがうんだよなぁ」と。

いつもは百グラム買うのだが、今日は倍の二百グラムにした。……気に入って飲み慣れたこの味も、これで最後か。では、アフターコロナの世界では、べつの豆を買うようになるのかな？ ほんのかすかに不安になる。

ランチタイムの町を、そぞろ歩く。

飲食店が少しずつ開き始めている。換気の悪そうな店内に、ぎゅう詰めにお客さんが座り、ランチセットを忙しくかっこんでいるところも、けっこうある。

ただ……こうして前とまったく同じ開け方をするお店からは、店からも客からも妙な空気を感じるような……。うーん、戦時下のようなというか、もうやってられっかよー、というような……なんと表現したらいいかわからないが……。

　比べて、〝いつものカフェ〟や、近隣の幾つかのレストラン、おじいちゃんマスターの喫茶店など、営業可能な形態を模索しつつ、少しずつ再開させるお店は、途方もなく大変なこの時期、なんとかして〝ウィズコロナ時代〟へと舵取りしようとしているように見える。

　そこに存在しているのは、何だろう？

　えらそうな言い方になってしまうが、わたしは、やはり……〝知性〟だと思う。

　オーナーさんたちは、お店の経営を守ることと、従業員と客の安全を守ることを、同時に達成せねばならない。それは、世界各国の首脳がいま必死で行っているのと、本質的に同じミッションなのだ。

　ある国は、経済を優先させ、国民の命を軽視する。ある国では、柔軟に対応を変化させ続け、新しい秩序へと軟着陸する。またある国では……。ある店では……。

　ここにも〝分断〟が生じていると感じている。

　自分は、ときどきくる客というモブの一人に過ぎないが、微力ながら、後者のお店の船出、新しい冒険の旅を、消費することで一緒に作っていきたいという気持ちになりつつある。

　さて国内では、来週辺り、国の〝緊急事態宣言〟が解かれる可能性が出てきた。一方東京都は、五月末まで〝休業要請〟を続けるつもりらしい。

　……と、こうして出口が近くに見えてきて、わたしも気持ちがどんどん明るくなっている。

気づけば、部屋に花をたくさん飾らなくても大丈夫になり、花屋さんで買い物する回数が目に見えて減った。それにビビッドカラーの部屋着も、急に「なんか目がチカチカする」と感じ、畳んでクローゼットにしまったところだ。

化粧品大手の資生堂では、一〜三月の売り上げが、前年比九十五％減となった。とくに口紅がまったく売れなかったらしい。みんな外出しないし、してもマスクをつけてるからなぁ……。

一方、自炊が増えたためか、醤油製造のキッコーマンは売り上げ増となった。テイクアウトの需要でケンタッキーや、自宅にいるぶん掃除の頻度が増してのトイレ用洗剤など、幾つかの商品は好調だという。

ご長寿アニメ『ちびまる子ちゃん』『ドラえもん』に続き、『サザエさん』も再放送ループに入ることに。これは一九七五年のオイルショック以来のことだという。

さいきんになり、回復した患者の一部で、呼吸器や心臓などさまざまな器官に後遺症が残る場合があることがわかってきた……。

世界では、感染者が四百万人を超えた。中国で初の感染者が報告されてから約三ヶ月後の三月二十六日、五十万人を超え、以降は一週間ごとに五十万人ずつ増え続けたが、今回さらにスピードが増し、わずか五日間で五十万人増えたという。その間に、感染多発地域は欧州からアメリカへと移った。また、中東や南米でも増加傾向にある。

欧州のフランス、イタリア、イギリス、ドイツなどでは、ロックダウンの解除や緩和が相次いでいる。その際、外出時のマスク着用が義務化されることが多いようだ。

　ＥＵは、夏のバカンスに向け、観光業を再開させるための提言をまとめ始めた。飛行機内ではマスクを着用する、鉄道内では席を離す、など……。何しろＥＵではＧＤＰの十％もが観光業に支えられているのだ。

　コロナ禍の世界秩序は、アメリカと中国の争いが激化する一方で、ほかの先進国は、感染対策に追われて内向きになりつつあると言われている。国連やＥＵの影響力も低下したと。とくにＥＵは、加盟国による国境封鎖や、衣料品の囲い込みにより、移動の自由や単一市場という、共同体の土台が揺らいでしまった。結束を取りもどそうという呼びかけもあるものの、被害甚大な国が助けを求めても、他の国がいやがるということもあり、足並みが揃わない。そんな中、アメリカは中国に責任転嫁し、中国はマスク外交を続けている……。

　ロシアのサンクトペテルブルクの病院では、人工呼吸器が発火して火災になり、コロナ患者五名が亡くなった……。

　この日、夕方のこと。犬を動物病院に連れて行き、狂犬病予防の注射をしたり、フィラリア予防の薬をもらったりした。動物病院も、感染対策で完全予約制に変わっていた。ほんとうは来週予防注射をしたかったのだが、「すごく混んでて、次の予約は来月になっちゃいます」と言われた。……なるほど、三、四月の来院を避けた人たちが一斉にきているのだな。というか、わたしもそのうちの一人だ。

待合室の隣席に、浴衣姿で子猫を抱いたお相撲さんがどっしりと座っていた。ものすごく気になるが、じろじろ見たら失礼だと、ぐっと我慢した。

犬を連れてマンションに帰ると、ちょうど右隣のお兄さんが部屋から出てきた。ベランダの換気口から、豚丼、クリームシチュー、クリームシチュー、担々麵の順で、ずっといい匂いをさせていた人だ。わたしみたいにコロナ太りしただろう、と予想していたのだが、とくに変わりなく、相変わらずシュッとしておしゃれな体型だった。

笑顔で「こんばんはー」「あ、こんばんはー」と愛想よく会釈し、部屋に入ってから、靴箱を叩き、すごく小声で「なんっで……だよぉぉっ……！」とつい悪態をついた。

## 五月二十二日（金）

お昼過ぎ、マンションを出るとき、スーツケースを引っ張る男の人とエレベーターに同乗した。出張かな？　そういえば、スーツケースを持つ人を見るのも数ヶ月ぶりのことだと思う。

商店街の雑貨屋の軒先に、すっかり安くなったナゾノマスクがずらりと並んでいる。その隣にエタノール九十九％の消毒液をみつけた。「えっ、九十九％……？　それもう火炎瓶じゃね？」と一瞬思った。

慶應大学の心理学者の調査によると、コロナに感染したのは「本人の責任」と考える人は、欧米などと比べ、日本で突出して多いらしい。そもそも日本では、不運は自業自得だと判断する傾向がやけに強いのだという。

俳優の山田孝之さん、新田真剣佑さんが、五月中旬、沖縄にグループ旅行に行ったことが週刊誌に掲載された。沖縄県知事が「今は来ないで」と繰りかえしていた時期のことであり、事務所が謝罪した。

さいきん、各地で〝自粛警察〟の存在が大いに話題になっている。近所でも、ビストロでは「すごく怖い。でも従業員を守らないといけないから……」と聞き、蕎麦屋では「野菜が足りなくなり、あわててノーマスクで八百屋に行ったら、近所の誰かが見てて、ネットの口コミに書かれた！」と聞き、高級フレンチレストランのドアには、おそらく客ではなく自粛警察向けと思われる〝感染対策六か条を作り遵守しています〟というでっかい張り紙がある。

感染は自己責任と考えることと、こうして互いに監視しあって自粛させあうこと、法律によるロックダウンではない緩やかな自粛要請に従うこと、これら全部が繋がって感じられる。

海外在住の人たちによると、週末になり、ビーチやバーや湖畔などに人が押し寄せているらしい。でも、日本ではみんなでゆるゆる少しずつ進み、一気に人出が爆発することがない。これも、相互監視しあう国民性からきているのかな、と思う。

それにしても、だ。これからどんなふうに町は復活していくのだろう？　たとえば本屋は？　これまでは本を手に取り、ぱらぱら立ち読みしてから、買うか棚に戻すかを決めていたが、もうそれもし辛い。では図書館の本は？　パン屋さんは、一つ一つビニール袋に入れて陳列し始めているが、これが定着するのかな？　ビュッフェ料理が大好きだけど、もうなくなるの？　劇場の座席はどうなる？　新しく作る劇場は席のあいだを広くとって設計されるのかな、それとも……？

さて、日本では厳格なロックダウンでなく緩い自粛要請を行ったのに、他の国のように感染爆発せずにすんだ理由は、何か？　さいきんいろんな仮説が流れてくる。〝清潔好きだから〟〝マスクしてるから〟〝ＢＣＧを打ってるから〟など。でも、なにしろ我々はいままさに歴史の渦中におり、まだわからないことだらけだ……。

十六日、横浜港から、豪華客船ダイヤモンド・プリンセス号がついに出港した……。

国内の空気が、どんどん明るくなっていく。十四日、国が三十九県の緊急事態宣言を解除。続いて大阪府も十六日から休業要請を一部緩和。映画館、劇場、商業施設などが再開され、飲食店も午後十時まで開けてよいことになった。……この日夕方、道頓堀川で四十代の女性が「溺れてる！」「ちがう、泳いでる！」と複数の通報があった。うれしくなってつい飛びこんだのかな……？　わたしも四十代の女性なので、「す、すごい……。西にはテンションも体力もすごい人がいるな……」と感心した。

京都府でも、同日、休業要請が一部緩和された。

東京都では、十五日、七つの指標を掲げた〝東京アラート〟なるものが発表され、今しばらく自粛生活が続くことに。

続いて二十一日（木）から、大阪府、京都府、兵庫県でも国の緊急事態宣言が解除されることに。東京都など関東の三都県と北海道が残されたが、これも週明けの二十五日（月）、解除するかどうかの判断が下されるらしい。

というわけで、今週末は、週明けにはいよいよ東京も規制解除されそうだぞという予感が広がり、町全体に明るい活気がある。

高齢者在宅サービスセンターの駐車場で、職員さんが白い大型バンをピカピカに磨いている。真っ暗だったアパホテルから、掃除道具を持った従業員さんが忙しそうに出てくる。……このホテルは、二ヶ月弱、たぶん誰もこなかったので、入り口におかれたジャスミンの植木鉢が枯れそうになってしまい、犬の散歩のたびにわたしが水をやっていた。でもそれももうしなくてよさそうだ……。

床屋の前に、男性たちが社会的距離を取った列を作っている。週明けから出勤なのかな？

カップルも歩いているが、あんなにぴったり寄り添い、手も繋いでいた姿がうそのように、もとのクールな距離に戻っている。

こうして、日に日に、懐かしいが、どこかが新しい生活が、やってくる。

——世界では、感染者総数が五百万人を超えた。

アメリカの全五十州が、規制を一部緩和し、経済再開に乗りだした。

トランプ大統領は、ワクチン開発を急ピッチで進め、年末には実用化すると宣言。「名付けて〝ワープ・スピード作戦〟だ！」。しかし専門家は「実用化には臨床試験が必要であり、年内は非現実的だ」と否定的だ。

ブラジルのボルソナロ大統領は、経済再開などに反対する保健相を相次いで二人更迭した。

ＷＨＯは、アメリカと南米、つまりアメリカ大陸で感染拡大していると、警告を発している。

ドイツでは、八週間のロックダウンが終わった。死亡率は十万人あたり八・三人で、欧州主要国でいちばん低く抑えられている。その一方で二百十万人もが失職し、一千万人もが、給料が減ったぶんの八十七％の補償を政府から受け取っている。経済損失はリーマンショックのときの三倍となった……。経済的打撃を受けた人々が、大都市を中心に「ロックダウンなんてしなくてよかった」という抗議デモを始めている。

……感染対策か、経済再開か？　ここにも〝分断〟がある。ひどく難しい問題だ。

この日、夕方。

犬の散歩をしていたら、薄緑とレモンイエローのストライプの壁が目印の〝ホテルのラウンジ〟があるホテルの、細い通りを挟んで向かい側の歩道に、西日が眩しく当たり、そこに見覚えのある男女が五人、戦隊ヒーローのように一列にずらりと並んでいた。一人がデジカメで熱心にホテルの外観を撮影し始める。あっ……！　チェックインカウンターのお兄さん、バリスタさん、それに、それに……。みんなスタッフさんたちじゃないか。このホテルも先月前半から休業中なのだが、これって、たぶん……インスタ用の宣材写真を撮ってるのかな……？　ということは、そろそろ営業再開の告知があるのかな？

あのホテルは、そして一階のラウンジは、どういう形でリスタートするのだろう？

犬にぐいぐい引っ張られて、また歩きだす。前と少しちがう、パラレルワールドのような未来が、ひとつひとつ、戻ってくるところだと思いながら。

## 五月二十九日（金）

――今日、初夏の青空を、ブルーインパルスが飛んだ。

たまたま、木造二階建ての〝いつものカフェ〟の軒先でコーヒーを飲んでいたら、どこからか近所のオフィスの人たちがたくさん集まってきた。みんな空を見上げている。スタッフのお兄さんと「なんでしょう？」「ねぇ？」と話し、近くにいた女性に聞いたら、「医療従事者への感謝のために、これからブルーインパルスが飛ぶんですよー」と教えてくれた。

奇妙な政治的パフォーマンスだとは思ったが、ほどなく、空の向こうからブルーインパルスが遠く現れると、思わず「わっ」と叫び、スマホで動画を撮っていた。すぐいなくなったので、また座ってコーヒーを飲んでいたら、だいぶたってから二周目がきて、「わっ」とびっくりしてコーヒーを膝にこぼしてしまった……。

お昼休みの時間帯でもあり、あちこちのビルから人が出入りし、歩道は賑やかだ。ずいぶん人が多くなったな。やっぱりみんなもう出社してるんだなぁ。

それにしても、コロナ前はこんなに、四~六人のグループで和気《わき》藹々《あいあい》と歩いていなかったような気がするなぁ。なんだか、同じ職場の人たちが、前より親しくなったように見える……?

若いオーナーが一人で切り盛りする小さなビストロで、ランチ弁当を買い、出てくると、通りかかった女性に「ちょっと」と声をかけられた。「ここのお弁当はいくらです?」「七百円ですよ。今日は洋風炊き込みご飯で、もう残り一個でしたよ」「そっかー。一回買ってみたくて、入ろうかいつも迷ってて」とお喋りする。……おやっ、また、知らない人と立ち話するようになってきたぞ。町全体がだいぶ元にもどってきたのだな、と思う。

国内は、二十五日の夕方六時、首相が「関東三都県と北海道の緊急事態宣言も解除する」と会見。ようやく全国のステイ・ホーム期間が終わりを告げた。ただ東京都は、博物館などの施設も六月一日、つまり来週の月曜から再開されるので、今週はまだ緩やかな助走期間といった空気でもある。

東京タワーの展望台も再開されるらしい。だが「原則として外階段を使ってください」とのことで、その外階段はなんと六百段もあるんだぞと一部で話題になっている。

都内では、ガールズバーやホストクラブなど〝夜の街〟での感染が増加。懸念されている。

一方、北九州では、十三日から飲食店などが営業再開したところ、二十三日から感染者がまた増え始め、早くも第二波だと警戒されている。

京都府警は二十七日、昨年七月、京都アニメーションに放火し、三十六名の方を殺した青葉真司容疑者（四十一歳）を逮捕した。容疑者自身も重度の火傷の治療中であり、コロナの影響で逮捕が幾度も先送りになっていた。容疑者は逮捕されたこの日まで、自分が三十六名殺したことを、知らなかったという。

中国政府は二十四日、全国人民代表大会で、香港の統制を強化する〝国家安全法〟を導入するとした。これを受け、香港では数千人規模の反政府デモが起こり、百二十名が逮捕された……。

この日の夕方。

二ヶ月以上ぶりに電車に乗り、池袋に出かけた。友人とごはんの約束をしたのだ。車内には、席を空けて座る、立つ人も互いに距離を取るなど、新しい秩序ができあがっており、わたしは慣れないのでいちいちオタオタし、辺りを見回し、ルールを理解しては、急いで順応しようとし、「これって海外旅行に行ったときみたいだ」と思った。

池袋に着く。西武デパートの入り口で、フェイスシールドをつけた店員さんが一人一人の検温をしている。

ジュンク堂書店に入る。〝なるべく短時間で買い物を済ませてください〟と張り紙があるので、急いで見て回り、十一冊抱え、買いこんだ。

友人と合流し、雑司ヶ谷を散策した。窓だらけで窓全開の蕎麦屋をみつけて、入り、自家製ウイスキー梅酒と無農薬レモンサワーで乾杯した。地鶏たたき、水なす、納豆をのせた油揚げ、モツ煮、豚肉でケールを巻いて焼いたもの、冷汁、牛丼、ずんだシャーベットを食べた。どれもこれもじつに美味だった。

買い物、散歩、おしゃべり、外食、か。こういうなんでもないことがこんなに楽しいんだよなぁ、としみじみ思いだした。

このまま終息してくれるかな。もうステイ・ホーム生活には戻りたくないなぁ！

# 五　わたしは何者か？

## 六月二日（火）

天気がよく、ぽかぽかした一日。マスクしてるともうちょっと暑いなと感じるほどの気温だ。

この日、わたしは朝から、久しぶりに美容院に行った。振りかえると、みんなが春の陽気で出歩いていた三月の例の三連休（二十〜二十二日）以来、二ヶ月以上ぶりのことだ。

美容師さんに、セルフカットでわちゃわちゃになった髪を整えてもらう。どうやら、わたしの前のお客さんも、お母さんにカットされて『トイレの花子さん』みたいになった中学生の女の子だったらしい。帰るところをみかけたが、可愛いボブに仕上がっていた。あの子も、きたときはトイレの花子さんだったのか……。

そして、わたしの次のお客さんも、夫と一緒に床屋で切ったら大変なことになった奥さんだという。「セルフカットとかの敗戦処理が続きますねぇ……」「ほんっとそう。しばらくこうなんじゃないかなぁ」と話す。

帰り、「こういうときなので皆さんの連絡先を聞いてます」と言われ、名前、電話番号、住所を書き残した。確かに、クラスターが発生したときに必要だよなぁ……。

帰り道。買い物したりと、うろうろ寄り道する。

右翼の街宣車が、独特の歌を大音量でかけながら大通りを通り過ぎていく。そういえば久しぶりに見るなぁ……。右翼団体も活動再開かな？　タイミング悪く、すべての赤信号に引っかかるので、けっこう長い間、独特の歌がワンワン響き続けていた。

工事現場も、どこも忙しそうだ。そういえば、遅れを取りもどすためか、週末も休まず作業していたな。建設中の商業ビルの前を通りかかると、頭上から「あっ！　そのシート外したらアッパッパーになるからぁぁぁー！」という大声がし、アッパッパーとはどんな状態かと思わず振り仰いだが、よくわからなかった。

お昼過ぎの時間、制服の中学生が五十人ぐらい、分散登校らしく、どやどやと大通りに姿を現した。

保育園からも、子供を迎えにきた親御さんたちが、チャイルドシート付き電動自転車にまたがって飛びだしてくる。

おじいちゃんマスターの喫茶店に寄って、グァテマラの豆を試しに買ってみた。この店でも今月からイートインを再開している。カウンターの隅と隅に、以前「尻は拭けなかったら洗やぁいいんだよ」と言っていたご隠居さんと、べつのご隠居さんが、離れあって座り、じーっと黙ってコーヒーをすすっていた。

〝ホテルのラウンジ〟も、先週末から営業再開だ。日曜に行ってみたら、入り口で検温し、食器は使い捨てにし、席数を半分に減らすなど、さまざまな対策が図られていた。バリスタのお姉さんもまた元気に働いておられ、ほっとした。

川沿いの〝クラフトビールのバー〟も、席数を減らして再開だ。

都内全体でも、先週末から、伊勢丹新宿店や銀座三越などの百貨店が営業再開し、開店前から列ができるほど賑わったという。首都圏の映画館も、テアトルグループ、早稲田松竹など、少しずつ開き始めている。テレビ局でも、ドラマ撮影が再開。アニメのアフレコも始まっており、今週末からは『ポケットモンスター』が先陣を切って新作の放送を再開する予定だ。

一方、飲食チェーンは、ウィズコロナ時代に対応するため、居酒屋「塚田農場」が一部を「つかだ食堂」にしたり、「ワタミ」が居酒屋六十五店を閉鎖し、テイクアウト向けのから揚げ店「から揚げの天才」を出店したりと、新時代への舵取りが始まっている。

神奈川県の全海水浴場が、今夏、閉鎖されることに。県が示したガイドラインがあまりに厳しく、各市が自主的にあきらめたという形らしい。また、全国の夏祭や花火大会も続々中止が決まっている。

世界では、感染者総数が七百万人を超えた。

アメリカのトランプ大統領は「今月アメリカでG7サミットを開く」「先進七カ国のほか、インド、オーストラリア、韓国、ロシアの首脳も招き、みんなで中国について話す」と表明。しかしドイツのメルケル首相が「まだ参加できない」と言うと、「九月に延期する」とした。

どうもこれは、アメリカ大統領選が行われる十一月の前にどうしてもやりたいのではないかと言われている。

そのアメリカでは、先月二十五日、ミネソタ州で無抵抗の黒人男性ジョージ・フロイド氏が白人警官に首を圧迫されて亡くなった事件をきっかけに、全米に人種差別抗議デモが広がっている。一部が暴徒化し、二十五都市に夜間外出禁止令が出されたが、これは一九六八年のキング牧師暗殺事件以来の規模だ。

トランプ大統領は「鎮圧には軍の力が必要だ。略奪が始まれば銃撃も辞さない」とTweetしたが、Twitter社はこれに「暴力を賛美する内容でルール違反です」と注意書きを添えた。二十九日には、ホワイトハウスの外にもデモ隊がきて、大統領は地下壕に避難。支持者に対し「対抗デモを行え」とTwitterで訴えた。

テイラー・スウィフト、ビリー・アイリッシュ、アリアナ・グランデ、レディ・ガガなどがＳＮＳで抗議。企業各社も、ナイキが「傍観と沈黙をやめて変革に加わろう」と、Netflixが「沈黙は差別への加担と同じ」と、YouTubeが「差別に対し団結して立ちあがるべき」と呼びかけている。全米音楽協会も、今日抗議のストライキを行う予定だ。

ミネソタ州の黒人男性殺人事件と同じ二十五日の朝、ニューヨーク市のセントラルパークでも、犬にリードをつけていなかった白人女性に黒人男性が注意したところ、女性が「黒人男性に脅されてる。黒人男性にです」と警察に通報。人種差別意識によって警官に男性を攻撃させようとしているらしき姿の動画が、広く拡散された。非難が集まり、女性は勤務先を解雇された。

つまりアメリカは、中国との対立を深める一方、国内では人種差別が大きな波紋を広げつつある。これがあの国のアフターコロナなのだろうか……？

さて、昨日の夜八時のこと。国内の花火業者の有志が、悪疫退散祈願のため、全国約二百カ所で花火を打ちあげた。見物による密を防ぐために場所は伏せられていた。わたしも、近所のどこかで上がるかなぁと夜空を見上げたが、みつけられなかった……。

その代わり、東京スカイツリーが、四月七日から二ヶ月弱、ずっと一定の色のライティングだったのが、ようやく色が変わったことに気づいた。コロナ前は、季節ごとのテーマによって色が変わって楽しかったのに、ここしばらくはパターンが同じなので、「まるで昨日と同じ今日を繰りかえしてるみたい。明日がこないみたい……」と、見るたび追い詰められる気持ちになっていた。だから、昨夜、ツリーが見慣れぬ赤紫色に光っているのを見て、「いやっほーう！」と思った。

そして、今日の夜。壁際の机で仕事をしていたら、右隣のお兄さんのところにお友達がきたらしく、お酒の入った楽しそうな笑い声が壁越しに聞こえてきた。隣室にも日常が戻ってきたのだと思うと、不思議と解放感があった。わたしも、仕事が一段落したら晩酌しようかなぁ？

## 六月二十八日（日）

お昼時。近所の美容院の前を通ると、店前に停められたＢＭＷの助手席に、頭にラップを巻いたヘアカラー中の高齢男性がおり、葉巻か何かを悠然とくゆらしていた。……あぁ、人との接触時間を減らす工夫かな？　それにしても、映画に出てくるイタリアン・マフィアみたいに堂々としており、不思議とキマって見えた。

　四月半ばにとつぜん青空八百屋になった焼肉屋の前に着く。おや、いつのまにか元の焼肉屋の姿に戻っているぞ。店前から段ボール箱の山が消え、威勢のいい売り口上も聞こえず、客の行列もなく、まるで〝祭りの翌朝〟みたいにガラーンとして感じられる。

　路肩に、ウーバーイーツの配達員がキーッと自転車を停める。道に迷ったらしく、スマホを見て悩んでいる。と、近所のおじいさんが「兄ちゃん、どこ行くんだい」と声をかけ、大声で道を教え始めた。

　木造二階建ての〝いつものカフェ〟に寄ってみる。イートインが再開され、テーブルが日に日に増えている。それにしても、さいきんバックパッカー風の海外観光客が少しずつ戻ってきているようだ。政府は海外からの渡航者に制限をかけていると思うのだが、彼らは一体どこからどうやってくるのだろう……？

さて、東京都は、十一日に〝東京アラート〟を解除して〝ロードマップ〟をステップ3に進めた。……カタカナが多く、わたしは、何がどういう内容だったかがもうわからなくなっている。どうも、接待を伴う飲食店やライブハウスも営業再開できるようになったらしいのだが……。

翌十二日、小池都知事が来月五日の都知事選出馬を表明した。……一部で、出馬を盛りあげるためのタイミングを計って〝東京アラート〟を解除したのでは、という意見もある。

ところが、新宿のホストクラブなどの〝夜の街〟で、十四日に計三十二人、十五日には二十三人の感染がわかるなど、感染再拡大が始まった。でも都は「〝東京アラート〟はもう使わない」「〝ロードマップ〟も内容を見直すことにする」と迷走を始め、判断基準が把握できない謎の状態になりつつある……。

一方政府は、飲食業と観光業の復興のため、費用の一部を負担する〝GoToキャンペーン〟を始めることに。だが、民間企業への事務委託費が三千億円以上とわかり、見直しを迫られるなど、こちらも問題が山積みだ。

また、政府は接触確認アプリCOCOAを十九日にリリースし、国民に広く利用を呼びかけている。

東京では若者の〝夜の街〟での感染拡大が問題になる一方、北海道や東北では、高齢者の〝昼カラオケ〟でのクラスターが発生し始めているところだ。

つまり、規制が解除されるにつれ、部分的に第二波が始まりそうな様子ということか……。

さて、世界では、スペインが非常事態宣言を解除し、フランスでもマクロン大統領が「最初の勝利をおさめた」と宣言するなど、厳しいロックダウンを行った国が成功を収めつつある。

一方、ブラジルでは感染者総数が百万人を超え、犠牲となられた方は五万人以上と、アメリカに次いで多い国となった。チリ、トルコでも感染拡大が続いている。アメリカ国内でも、ニューヨーク州などでは収まってきた一方で、テキサス州やフロリダ州では拡大し続けており、ニューヨーク州知事は「感染拡大しているのは、トランプの指示に従って早すぎる経済再開をした州だ」と糾弾している。

やはり〝分断〟が強まっている――。

事実をもとに、論理的に対処した国や自治体では、収まる一方、トランプ大統領やブラジルの大統領を筆頭とする〝信じたいことを、証拠なしに強引に信じ、大声で言い張り続ける〟国や自治体では、拡大し続けている。

でも……。

わたし自身は、果たして、そのどちら側にいるのだろうか……？

もちろん前者だ、わたしは常に〝根拠ある推測をもとに論理的に判断できる人間〟なのだと、言い切りたい。が、ちょっと、自分自身を疑わざるを得ないようなことも、あったのだ。

五月半ば、アメリカ国民の間で「自分はもう感染し、回復し、抗体を持っている」と考えることが流行っている、という不思議なニュースを読んだ。そのときは「変なの」と思ったのだが、気づけばさいきん、なんと自分も、「そうだったらいいのに……。いや、きっとそうだ！」と考えている瞬間があるのだ。

わたしも、昨年十二月に発熱し、ひどく体調を崩し、そのまま体力が戻らなくて年末までフラフラだった。普通の風邪なら、だんだん熱が下がって元気になっていくというイメージが湧くのに、そうならず、まるで毒でも盛られたかのような異様な体調不良だった。ねぇ、いま思うと、あれってコロナだったんじゃない……？　だってこの町には中国からの団体観光客が大勢きていたし。ねぇ、そうだったんじゃない？

もしそうなら、わたしの体は、すでに抗体を持っているんじゃない……？

ついそう考え、次第に、信じ始めてしまう。だって、もしそうなら、今後、世界のどこで、いくら再拡大しても、〝わたしだけは安全〟だからだ。

でも、これこそ、〝信じたいことを、証拠なしに強引に信じ、大声で言い張り続ける〟精神……つまりはトランプイズムじゃないだろうか？

そう思うと、〝世界は二分されていくが、わたしは理性の側にいる人間のはずだ〟という自負が、揺らいでいく。

世界は、どんどん二つに割れていくところだ。

自分は、本当は、どちら側に属する人間なのだろうか？　本当の本当は……？

わたしは、何者か？

と、そんなことを考えながら、隅田川にかかる大きな橋を、ゆっくり渡る。

川面を、遊覧クルーズ船がゆうゆうと進んでいく。もう営業再開したのだな……。

ところで、先日のこと。医師の知人と話す機会があった。昨年までは学会でよく海外に行っていたが、今年は学会も全てオンラインだという。多いときは世界の数千人の医師が参加する。そして、終了後の懇親会も、「なんとオンラインなんだよ」「えっ、数千人でオンライン懇談会？　か、可能なの？」「うーん、成立してるとはいえないな」「お、おぅ……」「まぁ、学会はちゃんとできてるからいいけど。ただ、今後は、新しい誰かと知り合う機会がそうそう持てないのかな、とは思ったね」という。

確かに、わたしも、オンラインの打ち合わせも、飲み会も、もともと知ってる人とだけしている。ゼロからの人間関係を作るのがなかなか難しい時代になったのかもなぁ。

そもそも、新しい出会いどころか、知っている人たちとも、以前ほどには会えないわけで。

……五月二十三日のこと、フジテレビのリアリティ番組「テラスハウス」に出演中のプロレスラー、木村花さん（二十二歳）が、極端な選択を行い、亡くなってしまった。あまりにも悲しいニュースで、やるせない。大学講師の知人が「この方の場合も、ある種のコロナ関連死なんじゃないか……。試合に出場したり、友達や家族と会う時間がもっとあったら、と思えてしまう」としみじみ話しており、考えこんだ。自分の生活を振りかえり、そうだな、今の生活は平時とまったくちがう形のものなのだ、と噛み締める。

さて今日は、夕方、数ヶ月ぶりに映画館に行った。話題の韓国映画『はちどり』を観に、渋谷へと。そして、席数半分で飲食禁止の館内で、本当に久しぶりに、周りの知らない人たちと一緒に、暗闇でスクリーンを見上げた。

帰り道、見慣れているはずの渋谷の街を、妙に新鮮な気持ちでゆっくりゆっくり歩いた。繁華街は、ようやく半分、いや、三分の二ぐらい人出がもどったように見える……？

## 七月六日（月）

七月に入った。

〝第二波〟がひしひしと近づいている。

六月三十日、東京都の一日あたりの感染者数が増加し、再び休業要請する条件である〝一日五十人〟を超えたことについて、都知事が「条件を変え、数字ではなく内容によることにする。新しい〝モニタリング指標〟を作る」と発言した。わたしは「モニタリングって何だっけ？」と、カタカナの多さにまたもや混乱した。

七月一日、菅官房長官が「最悪の場合は国が再び緊急事態宣言を出す可能性がある」と発言。

二日、わたしは、また美容院に行き辛くなるかもしれないと、カットの予約を入れたのだが、ちょうど電車に乗ったところで、「東京百人超えだって！」と友人からLINEがきた。

何ぃ、百？　三桁の大台にのるのは五月二日以来で、ちょうど二ヶ月ぶりのことだ。

美容院に着くと、ここでもその話題で持ちきり。

午後二時過ぎ、美容院を出てスマホを確認すると、〝東京百七人。都知事が緊急会見〟とのニュースが流れていた。

夕方五時から都知事の会見が始まり、「新宿や池袋など〝夜の街〟の若年層が七割と多く、まだ東京全体の各年齢層に広がっているわけではない」「対処法として、まず〝夜の街〟に出かける客に注意喚起する。店には、予防対策していますというステッカーを貼ってもらう。これを貼ることで対策を促す」という内容だった、と思う……。わたしは意気消沈し、もう会見をちゃんと聞かなかった。晩ごはんも焼きそばパンと茹でブロッコリーだった……。

そして五日（日）、梅雨の悪天候の中、都知事選が始まった。午後八時の投票締切とほぼ同時に、現都知事の当確が出た。

これに対しては「都知事は選挙のために感染拡大していないふりをしていた」との批判も出た。一方で、近隣に住む知人から、「正直、コロナ禍のいま知事が変わると混乱するし、いまは再選がベターだと思った」「投票率が五十五％と低くて驚いたけど、周りの人と話したら、みんな口を揃えて、商売があまりに大変で選挙どころじゃないと言っていた」という意見を聞き、なるほど、そういう視点もあるのだなぁ……と考えこんだ。

そういえば、だが。緊急事態宣言解除後、一部で「そもそも自粛なんて必要なかった」「〝八割おじさん〟こと西浦教授は大げさすぎた」といった批判が出ていたが、第二波の襲来とともに、またすーっと静かになったような気がしている……。

東京の秋葉原のメイドカフェ「＠《アット》ほぉ〜むカフェ」で、従業員十二名が集団感染した。京都の祇園でも、舞妓さん二名が感染した。客と社会的距離が取れず、お猪口で回し飲みもさせられ、カラオケにもつきあい、そのうえ寮生活を送っている人も。体調が悪くても言いだし辛い環境だし、いざ感染者が出てからは、関係者から口止めの連絡が出回った。感染した二名は責任を感じているという……。

富士山の登山道が閉鎖され、五合目と九合目の静岡県警の警備も中止されることになった。山岳救助隊の拠点がなくなり、県警が「今年は富士登山しないで」と広く呼びかけている。

ユニクロが発売した〝エアリズムマスク〟が大人気で、店舗に長蛇の列ができている。

世界全体では、感染者総数が一千万人を超えた。季節が変わり、南半球が冬になったため、再拡大が懸念されている。

男子テニスの世界王者、ジョコビッチと妻が感染した。彼は母国セルビアやクロアチアで慈善テニス大会を開いたが、満員の観客はほぼマスクなし。選手たちも抱擁や握手をしたりと、コロナ前と同じ状態での開催だと批判されていた。ジョコビッチは「純粋な心から行ったことだが、間違っていた」と謝罪した。

アメリカのトランプ大統領は、〝非移民労働者のビザ停止〟の大統領令にサインをした。これは外国人排除の動きだと注目されている。

世界各国で、感染者も、犠牲となられた方も、男性のほうが多いのに対し、インドでは、感染者は男性が多いのに、犠牲となられる方は女性のほうが多い。約百年前のスペイン風邪大流行のときも同様だった。これには根深いジェンダーの問題があると考えられている。女性が病人の看護を任せられたり、換気の悪い室内にいる時間が長かったり、家庭内で健康に注意を払ってもらえなくて医者にかかるのが遅れたりという、複数の原因があるためだ。

アメリカでは、空気で膨らませるタイプのハロウィンの仮装衣装が売れている。施設で暮らす高齢者の家族と、直接体に触れることなくハグできるからだという……。

国内では、梅雨が続き、空は暗く、ひたすら雨が降っている毎日だ。今日、近所を歩くと、完成した大型マンションの前で、〝販売中〟の幟《のぼり》が雨空にハタハタなびいていた。

東東京は、今年の春までは、オリンピックとインバウンドですごく好景気で、家賃も年々上がり、新築マンションはどこも建設中に〝完売御礼〟だった。でも、報道によると、今年五月の首都圏のマンション売り上げは前年比八十％減だという……。近所には、建設中のマンションやホテルがまだ五、六カ所あるのだが、このあと一体どうなるのだろう……？

人気の手拭い屋の前を通ると、窓ガラス越しに、手拭いマスクの棚に女性客が数人いるのが見えた。つられて入ると、青いタツノオトシゴ柄のマスクをした客が振りかえり、「これもここで買ったのよ」と指差してみせた。おかみさんは「作るのをやめてたけど、感染者が増えたら、また売れ始めてね」と言っている。「ですよねぇ……」と言いつつ、自分も新しいのを二枚買った。

帰り道。

町をそぞろ歩きながら、ふと、それにしても、ステイ・ホーム期間以降、近所の人の〝外出ＯＫな服装〟が劇的に緩んだなぁ、と考えた。とくに、男性の恰好が変わった。例えば沖縄土産の〝なんくるないさ〜〟と背中に書かれたＴシャツ、ビーサン、後頭部には寝癖という恰好で、けっこう遠くまでやってくる。以前ならゴミ出しまでギリギリＯＫだったような服装の人が、いまでは歩道をたくさん歩いている。一方で、電車内で見かけることはないので、〝でも交通機関はＮＧ〟という、ある種新しい服装基準ができたのかなと思っている。

マンションに、ゆっくり帰ってきた。ちょうどお昼の十二時になったところで、そういう服装をしたテレワーク組の住人が、エレベーターで続々降りてきて、たぶんお昼ごはんを買いに行くのと、すれちがう。マンション内にはテレワーク組の住人がけっこう残っており、平日のこの時間はエレベーターが混むのだ。

部屋に入り、買ってきたばかりの手拭いマスクを出し、煮沸消毒した。

それから、スクワットや腿上げ体操をちょっとした。ステイ・ホーム中に足の筋力が落ちたような気がし、さいきん、外をジョギングしたり、マンションの外廊下でこっそり縄跳びしたり、筋トレしたり、いろいろ運動をし始めているのだ。しかし、こんなにも筋力が落ちるほどずっと屋内にいたのかと、改めてびっくりする……。

## 七月十八日（土）

昨日は寒い一日だった。今日もまだ冷える。もう一ヶ月あまり太陽が出ず、暗い雨が降り続いている。

いつのまにか、お店に入るとき、考えるまでもなく自然に消毒スプレーをみつけ、手にシュッとするくせがついた。たまに見当たらないと、あれっときょろきょろする。

海外でもこうなのかな？　すっかり、日本国内、いやそれどころか、いま暮らしている町のことしかわからなくなってしまったなぁ……。

知人から、Netflix のドイツのホラードラマ『DARK』を勧められ、見始めた。面白いが、二つの時代をまたぐ物語の現代編は二〇二〇年、つまり今年が舞台であり、当たり前だが、コロナ禍のことを想定せずに作られている。「これ、続きはどう書いたらいいんだろう……？」と、人様のお仕事ながら、その先のストーリーについて考えると、すーっと青ざめる。

そういや、『ビッグバン★セオリー』『フレンズ』『フラーハウス』など、アメリカのご長寿ドラマの愛すべき登場人物たちは、コロナ禍のアメリカで、どう暮らしているのだろう？いつか、それがドラマで描かれることもあるのかな。などなど、フィクションの世界の今後も気になっている。

スペインの保健省によると、新型コロナの抗体は短期間で減少するらしい。患者のうち、感染から三ヶ月後にまだ抗体を持っていた人の割合は、なんと五％に過ぎなかったと。韓国でも同様の結果が出ており、「感染しても抗体はしばらくしたら消える。よって集団免疫をつけることは難しい」という。……ということは、いままさに世界中の研究機関で研究されているワクチンの完成を待つしか、もう方法はないのかな？

ブラジルでは、例のボルソナロ大統領が今月七日に感染した。しかし大統領は会見でとつぜんマスクを外して喋りだし、報道協会から「無責任を超えた犯罪だ」と提訴されたり、トランプ大統領が推奨したものの効果がないとすでにわかっている抗マラリア薬を服用し、「治った」と発言したりしている。

カニエ・ウェストが、十一月のアメリカ大統領選に出馬すると発言し、驚かれている……。

トランプ大統領が、ついにマスクをつけ始めた。紋章付きの黒いベルベットのマスクだ……。大統領選に向け、つける必要があると側近に懇願されたとのこと。

アメリカのミシガン州では、マスクしていないことを老人に注意された男が、老人を刃物で刺し、車で逃走。女性保安官代理に追跡され、取っ組み合いになり、最後には射殺された。カリフォルニア州では、スーパーでノーマスクの客が警備員と揉め、警備員に射殺された。……どちらの人も、出かけるときには、まさかマスクがらみで命を落として二度と帰ってこられないなんて夢にも思わなかっただろうと、慄然とするニュースだ。

マスクをするかどうかは、やはり、世界の〝分断〟の象徴のように、わたしには思えている。マスクには、自身の感染予防より、もし感染していた場合人にうつさないためにつけるという意味合いが大きいからだ。だから〝自分さえよければ他の人のことはまぁいい〟〝個人の自由や利益のほうが大事〟であればマスクをしない。一方〝公共の利益を考える〟なら、誰かの命を守るためにマスクをするのだ。

アメリカでは、五月二十五日に起きたジョージ・フロイド氏事件から始まったＢＬＭ運動が、ますます大きく広がっている。

一方香港では、五月二十四日から始まった〝国家安全法〟への抗議活動が激化している。

二大大国たるアメリカと中国が、国内で大きく二つの価値観に割れていく……。

さて国内では、東京都の感染者数が、昨日は二九三人、今日は二九〇人と、まだ増え続けている。政府はついに〝GoTo トラベルキャンペーン〟から東京を除外することにした。

大阪でも感染者が増加している。府独自に作った、信号を模した赤青黄の〝大阪モデル〟が黄信号となり、太陽の塔が黄色くライティングされた。

都内の建設現場で十七名の集団感染が起こった。文京区の保育園でも二十二名の集団感染が。

新宿の小劇場で行われた舞台「THE★JINRO　イケメン人狼アイドルは誰だ!!」で五十九人の集団感染が起こり、全国から集まった約八五〇人の観客全員も濃厚接触者となっている。体調不良の俳優が出演し続けたとか、出待ちのファンと握手やサインもしていたとか、最前列の客用のフェイスシールドを誰も使わなかったなど、主催者の管理責任を問う声も上がっている。また、原案の映画コメンテーター有村昆さん、妻の丸岡いずみアナウンサーも感染した。

これについて、歌舞伎役者の尾上松緑《しょうろく》さんが、ブログで「ふざけるなよ」「大切なお客さんを危険に晒す様な真似をしてどうする」「舞台を舐めるなよ」と大爆発。ちょうど、政府がようやく、七月十一日からイベントの開催条件を緩和、五千人以下の催しまでできるようになったタイミングでもあり、尾上さんの怒りに対しては、共感の声も広がっている。

四月に感染したタレントのソラ豆琴美さん（二十八歳）によると、退院後のいまも息苦しさなどの後遺症が続いているという。イタリアでは、八七・四％の患者が二ヶ月後も息苦しさや倦怠感を訴えているとのデータも。さらに脱毛という後遺症も報告されている。

都内では、船堀駅の公衆トイレの手洗い用石けん液が、何者かによって刺激性の強い液体入りボトルに取り替えられており、使った人から「手がピリピリする」と通報があったりもした。よほどクサクサしている人がいるのか……？

この日、わたしは、本屋に行きたいと思い、電車を避けて自転車に乗り、日本橋の商業施設に向かった。施設内の書店は、いつになくガラガラだった。本を買いこみ、一休みしようと、書店の隣の紅茶専門店に入り、リンゴとオレンジとアプリコットのお茶を注文した。すると、なかなか出てこない。「あれっ、もしかして……」と、他に客がおらずガランとした店内を、見回した。「……お店の人、リンゴとオレンジとアプリコットを買いに行ったのかな？　客がこないから生の材料を用意してなくて……」と首を傾げているうち、二十五分たち、ようやくお茶が運ばれてきた。とてもおいしかった。でも、「また街から人が消えるのかな、いやもうすでに消えつつある……？」とひたひたと不安になった。

国も、東京都も、まだこれが〝第二波〟だとは、正式に認めていないが。

でも……。

いや、もう〝第二波〟だよなぁ。

ガラス越しに、寒々とした外の曇り空を見上げる。それから、手持ち無沙汰になり、スマホでニュースを見た。

……えっ？

俳優の三浦春馬さん（三十歳）が極端な選択を行い、亡くなってしまったというニュースが流れていた。

# 六　ディストピア

## 八月四日（火）

……ようやく梅雨が明けた！

一ヶ月以上ぶりの青空がやけに眩しく感じられる。

朝、シーツ、布団カバー、犬用ハーネスなどを洗い、ベランダに干した。仕事を片付け、お昼過ぎに〝ホテルのラウンジ〟へ。今日は紅茶を頼み、iPadでメールの返信をまとめてする。

カウンター兼厨房が、アクリル板で仕切られているせいで、中が灼熱になってきたとスタッフさんから聞く。

これも〝新しい日常〟の夏版なのかな。そういえば、飲食店はどこも窓やドアを全開で換気していて、夏がきたいまでは、南国に旅行に行ったときみたいな様子だ。電車内でも、窓が開いているから、去年までのように、冷房が効きすぎてて上着必須、みたいなこともなくなった。

マンションに帰ると、入り口でヤマト運輸のお兄さんとすれちがった。「こんちは、暑いっすね」と声をかけると、「いや、ほんとっすよ。マスクもうきつい！　それに、一日してると耳がちぎれそうに痛くて」「えっ、マジすか」「でもマスクしてないと苦情がくるんですよ」「えー！」という会話になった。

運動不足解消のため、わたしはさいきん、なるべくエレベーターでなく非常階段を使うことにしている。そこで今日も階段をえっちらおっちら上り始めたのだが、二階と三階の間の段には、落花生の殻が散乱しており、「さては住人がここで晩酌したか？」と首を傾げたり、三階と四階の間の段には、どっしり座ってノートパソコンを広げてテレワーク中の男性がおり、お互い人がいるとは夢にも思わなかったので、山道でクマと遭遇したような驚愕の表情でしばし黙ってみつめあったりした。

ドラマの撮影が続々再開され、うちの近所の路上でも、先週、撮影が行われた。マンションのポストに〝撮影のお知らせ〟〝ご迷惑とは存じますが……〟〝コロナ対策をきちんとして撮影いたします〟という制作会社からの手紙が投函されており、そうか、屋外の撮影は気苦労が多いのだろうなぁ、と思った。……今週になり、芸能関係の知人にその話をすると、「それ、ドラマ『ＭＩＵ４０４』の撮影だよ」と教えられ、「えーっ！　そうだったのぉぉー！」と、何日も遅れていまさらテンションが上がったりした。

先月の終わりから、この町のほぼすべての飲食店に、東京都が発行する〝感染防止徹底宣言〟という謎の緑のお札が貼られだした。店内を覗くと、アクリル板や消毒薬や席数などの対処をしているお店も、何もしていないお店もあり、ばらばらだ。あのお札は一体なんだろうと思っていたら、都のサイトにネットで申請し、自分でプリントアウトして貼るらしい。

都知事の肝入りの企画とのことだが、どれぐらい効果があるのかな……？

東京都の一日の感染者数は、七月最後の日に四六三人、八月最初の日に四七二人と、さらに増えている。……春には、〝風邪やインフルエンザと同じで、夏になれば自然とおさまる〟という説もあったのだが、どうもそうはならなかったようだ。

都は、お酒を出す飲食店に夜十時までの時短営業を要請し、二十万円の協力金を出すことにした。岐阜県、沖縄県、三重県、愛知県などでは、また独自の緊急事態宣言が出された。

全国の感染者総数は四万人を超えた。三万人から四万人に増えるのには、なんと九日しかかかっておらず、つまり、一気に加速しているところだ。

そんな中、首相が八月三日、〝アベノマスク〟の使用をとつぜんやめた。サイズが小さい、息苦しいなどと評判がすこぶる悪く、大臣も自民党議員もほとんど使わない中、首相だけ使い続けていたのだが……。心境の変化が何かあったのか、とわたしはニュース映像を見ながら首を傾げた。

そもそも首相は、六月十八日から一ヶ月半近く会見を開いておらず、国家元首の役目を果たしていないと批判されている。

一方、大阪では、維新の会の大阪府知事と大阪市長が「すごい情報がある」と会見を開いたところだ。記者団も色めき立ったものの、なんと「うがい薬のイソジンが新型コロナに効く」という内容だった……。全国から「うがいによって口腔内のウイルスが一時的に減るだけで治るわけじゃない」というツッコミも相次ぎ、医療従事者、ＷＨＯ神戸センター、大阪府保険医協会からも「予防効果はない」「命と健康に関わる。府知事は猛省を」などと批判が殺到している。イソジンは全国の薬局でたちまち売り切れ、ネットでも価格が高騰。発売元である明治ＨＤの株価まで急上昇し、広報部が「イソジンの効能は口腔内の殺菌消毒です。新型コロナが治るかどうかを検証する予定もありません」とコメントを出した。……これも、紫外線や抗マラリア薬などをエビデンスなしの直感で推すトランプ大統領と同じく、〝信じたいものを、証拠なしに強引に信じ、大声で主張する〟というトランプイズムなんじゃないだろうか？

　東京都内で犠牲となられた方の平均年齢が約七十九歳だとわかった。しかも、高血圧や糖尿病などの基礎疾患があった方が大半だという。一方、五十代以下の患者の死亡率はわずか〇・五％。つまり、第二波の感染者の七割は若年層だが、彼ら自身には命の危険はほぼないかもしれない、ということだ。……さいきん、せっかく再開された大相撲や歌舞伎に客足がぜんぜん戻らないという報道を見たが、それは、高齢者が外出を避け続けているのが原因ではないかと思う。その一方で、若者の間では感染が広がり続けているわけで……これもまた、国内における世代間の〝分断〟だろうか？

　俳優の横浜流星さんが感染し、主演舞台の公演が中止になってしまった。宝塚の『はいからさんが通る』公演も、途中で感染者が複数出て、当面中止に。政府は、八月一日からイベント開催の制限をさらに緩和する予定だったが、これを見直すことにした……。

アイドルのＡＫＢグループ、EXILEグループでも感染者が。

梅雨から夏へ向かう国内で、〝第二波〟がいままさに広がり続けている……。

世界全体では、ブラジルのボルソナロ大統領に続き、「ウォッカを飲めば治る」と豪語していたベラルーシのルカシェンコ大統領も感染した。

アメリカでは、オブライエン大統領補佐官も感染。政府中枢では初の感染者だという。

これを受けてか、トランプ大統領は「治療法はすでにある。アメリカよ、目を覚ませ！」とTweet。Twitter社は事実に反する発言としてこれを削除した。

共和党の元大統領候補ハーマン・ケイン氏（七十四歳）が新型コロナで亡くなった。トランプ大統領を支持し、六月二十日の選挙集会にノーマスクで参加し、七月七日から入院していた。

アメリカの下院議会で、議員とスタッフのマスク着用が義務付けられた。

ワクチンについては、世界中の研究機関でいまだ開発中だ。アメリカ政府は、大手ファイザー社とドイツ・ビオンテック社が共同開発するワクチンを六億回分買い付けることで合意した。イギリス政府も、べつの試験用ワクチンを九千万回分すでに確保しているという。ＷＨＯは「ワクチンが流通するのはおそらく来年前半」との予想を示しているが、果たして……？

アメリカのディズニーワールドで、〝園内での食べ歩き〟が禁止された。飲食のときはみんなマスクを外すためで、中には、マスクをしたくないから、ペットボトルを握って飲んでいるふりをしながら歩く人もいるという……。

サウジアラビアでは、メッカ巡礼が始まった。毎年世界から約二百万人もが訪れるが、今年は、外国人は在住者のみとしたため、約千人に減る見通しだ。サウジアラビアの感染者は二十七万人以上で、いまや中東最大の感染国となっている。

ペルーでは、三月半ばからの約三ヶ月で、九一五人の少女と女性が行方不明に。ＤＶを受け、命を落とした可能性もあるという……。

アメリカ、カナダ、日本などの一般家庭に、中国から〝謎の植物の種〟が届いたという報告が相次いでいる。理由は不明だが、「安易に植えないように」と注意が呼びかけられている。

この日、夕方……。

おしぼり屋さんの前を通ると、車庫から軽快な口笛が聞こえてきた。あれ、聴き覚えのあるメロディだなぁ、と足を止め、耳をすます。あっ、昔コマーシャルでよく流れていた「東京砂漠」じゃないか。謎の選曲だ。しかし、おしぼり屋さんも、さいきん毎日忙しそうだしなぁ。

二・五次元の舞台向けフラワースタンドの花屋さんもずっと開いており、風船やイラストボード付きのスタンドの作りかけのが、歩道まで溢れかえっている。小規模な舞台は再開しているし、推しを元気づけねばと、ファンからの注文が多いのだろう。

それにしても、と考えながら通り過ぎる。〝クラスタ〟という言葉の意味がすっかり変わってしまったなぁ。オタク用語では、ファン、推し、担当などを表すものだったのに……。気づけばみんな、自然と使わなくなったが、その代わりとなる言葉がまだみつかっていないようだ。

## 八月十六日（日）

長い梅雨が終わり、猛暑がやってきた。

犬の散歩も、なるべく涼しい時間帯を選び、朝七時と夜十時に行くのだが、この時間でもけっこう暑い。

お盆休み中、木造二階建ての〝いつものカフェ〟に顔を出すと、スタッフのお兄さんが「今日は気温三十七度ですって」と言った。ここも、一階のカウンター兼厨房はアクリル板で仕切られており、中が暑そうだ。そう聞くと、「そうなんですよ。外より四度も高いらしい」と言うので、お湯を沸かさせるのも忍びなく、アイスコーヒーを頼んだ。

新聞連載（『火の鳥』）の原稿が、ようやく上がり、猛烈な暑さもあいまって、わたしは毎日ぼけーっと暮らしている。

帰り道、裏通りの手拭い屋さんの前を通ると、〝テレビ番組で手拭いマスクが紹介されて注文殺到、再来月まで売り切れ〟と張り紙がしてあった。ここのマスクが売れ行き好調ということは、しばらくこういう事態が続くということかなぁ、と考えたが、とにかく猛烈に暑く、頭がボンヤリしていて考えがまとまらなかった……。

さいきんでは、暑さもあってか、感染対策もすっかりルーティンになってしまっている。とりあえず、マスク着用やうがいや手指消毒はやりつつ、「こうして可能な範囲で対策はするけど、みんなかかるときにはかかるんだろうなぁ」とどこかで思い始めている。まるでロシアンルーレットのような運次第の生活を送っているように感じているのだ。

これって、都市部特有の諦念なのかな？　それとも、日本中の街で、いや世界中で、誰もが次第にそう感じてきているのだろうか……？

お盆休みが始まる前、東京都知事、沖縄県知事などが「帰省の自粛を」と広く呼びかけた。一方、首相は八月六日、約一ヶ月半ぶりに会見を開き、「帰省は自粛しなくてよい」「緊急事態宣言も出さない」と語った。この会見はわずか十六分で終了し、短すぎるとの批判も出た。

首相は九日、改めて会見を開き、「ＧＤＰが四～六月期は二十％も下回り、リーマンショック以来の景気後退が見込まれる。経済のため、緊急事態宣言の回避に全力をあげる」「国民は帰省してよい。GoToトラベル継続への理解も深めてほしい」と発言した。

経済が打撃を受けると、そのために命を落とす人が増える、それは新型コロナの死者よりも多い、という意見も、さいきんよく耳にする。一方で、わたしはやはり、国家が経済を選んで国民の命と健康を軽視することに対して、倫理的に反発する気持ちを強く持っている。

さまざまな分断が広がる中、絶対に正しいこととは、一体何だろう？

どんどん難しくなる一方だ、と感じている。

感染が拡大すると、芸能人の感染のニュースも増え始める。芸人の山本圭壱さん、アイドルグループHey! Say! JUMPの伊野尾慧さん、俳優の眞島秀和さん、ゴールデンボンバーの歌広場淳さん……。芸人のカズレーザーさんは、共演者が感染していたとわかり、保健所の判断を待っていたら時間がかかるからと、自費でＰＣＲ検査を受けたという。幸い陰性で、すぐ仕事復帰できた。だが「費用は四万円。結果が出るのに二日。仕事を続けるために必要だったが、若手に四万の出費は痛いだろう」とのこと。

大阪府の軽症者用ビジネスホテルで、中高年男性の患者の逃亡が三件相次いだ。「サキイカを買いにコンビニへ」「部屋が埃っぽいから自宅療養に切り替えたくて帰宅」「タクシーでピザ屋や郵便局などを回り、すぐ戻った」など……。

鳥取県では、「ネットにおける感染者への誹謗中傷、デマ、個人情報の書き込みのアーカイブを訴訟のために保存する」と発表した。県知事は「戦う相手は人間ではなくウイルスだという、当たり前のことを確かめあいたい」と訴えた。

島根県では、スポーツ強豪高校のサッカー部を中心に九十人以上の集団感染が起こった。部が大阪、鳥取、香川などに遠征していたことや、高校のブログに選手が握手や抱擁をしあう様子が載っていたことなどから、全国から非難の声が殺到した。深夜十一時過ぎから県知事が会見を開き、「患者探しや誹謗中傷をしないで」と訴えた。

青森県では、墓参りのために東京から帰省した男性の家に、「帰って」と投げ文が。

神奈川県では、湘南の夏の海が無法地帯に。海の家もなく、ライフセーバーも半分の人数だが、遊泳者やサーファーが海面に入り乱れ、しかも海岸では、禁止されているバーベキューや飲酒を楽しむ人の姿も。

東京の渋谷では、〝クラスターフェス〟が企画され、ノーマスクと三密で〝山手線ジャック〟をしようとした。が、どうやら中止になったようだ……。

今年度の教育実習がすべて中止になった。「現場経験なしで来春いきなり教壇に立たせるのか」と心配する声も。

「おっさんレンタル」サービスの利用者が二割増。リモート体験がほとんどで、専門職のおっさんを選び、就職や転職の相談をするという利用法が多いという。

大学の水泳部、Jリーグ、自衛隊などでも、相次いで集団感染が起こっている……。

このように、第二波の感染拡大が進む一方で、国内の入院患者の死亡率はわずか七・五％と、海外に比べて圧倒的に低いこともわかってきた。中国では二十八％、アメリカのニューヨーク州では二十一〜二十四%、イギリスでは二十六%なのだ。糖尿病や肥満の人が少ないからだと言われているが、正確なことはまだわからない……。

世界では、欧州でも感染再拡大が起こっている。バカンスで出かけて帰国した人たちからの感染だろうとのことだ。

各国で再び行動規制が強まりつつあるが、ドイツやイギリスでは国民の反発もあり、〝マスク義務化反対デモ〟が行われ始めている。「我々の自由を侵害されている」「マスクが我々を奴隷化している」と。

一方、アメリカのニューヨーク州は、厳しいロックダウンによって感染拡大を防いだものの、失業率がほかの州より高く、経済悪化が深刻化してもいる……。

アメリカのミシェル・オバマ前大統領夫人が「軽度のうつにかかった」とインタビューで語った。新型コロナ、黒人差別問題、トランプ大統領の暴走などが原因だと考えている、と。対処法として「スケジュールを作り、決めた通りのことをやる。自分のことをよく知る。喜びを感じることは何かを知る」ことが大事だ、と。

インドでは感染者が二百万人を超えてしまい、アメリカ、ブラジルに次ぐ三番目の国となった。そのインド南部の空港で、海外に取り残されていた国民を帰国させた旅客機が着陸に失敗、機体が二つに割れ、大破。十八名の方が亡くなった。その中の一名が陽性だったと後でわかったが、救急隊員は感染予防策なしで駆けつけていた……。

アメリカのカリフォルニアに留学中の人によると、大学から「来年度は屋外で対面授業ですよ」という通知がきたらしい。西海岸での屋外授業は気持ちよさそうだな、とも思った……。

さて、今日の夕方。

薄緑とレモンイエローの壁の〝ホテルのラウンジ〟で、アイスコーヒーを飲みながらぼーっとしていたら、バリスタのお姉さんに「難しい顔をしてますね。もっとリラックスして。肩の力を抜いてください」と心配された。そのとき、言語化し辛い……気になる……〝何か〟をキャッチし、いまのは一体なんだろうと考え、とりあえず、大学講師の友人とやりとりしてみた。

「……あれかな？　親子ほど年の離れた人だから、〝心配するのは自分のほうの役目〟と思っていて、立場が逆転して驚いたのかな……？」「はぁ、何それ？」と、友人からキョトンとしきった反応が返ってきて、やや、これはわたしの感覚のほうが何かずれているのかな、と思った。

## 八月三十日（日）

猛暑は続く。

去年、旅行で訪れた新疆《シンチャン》ウイグル自治区の火焔山（『西遊記』に出てくる燃える山）で浴びた熱風を思いだすような毎日だ。学校の二学期が始まっているようだが、こんなに暑くて大丈夫か？　と、部屋でぐったりしながら考える……。

都内では、百名以上の方が熱中症で亡くなっている。

青空八百屋から焼肉屋に戻ったお店に、今週の平日、焼肉ランチしにいった。お昼はいつも地元民と観光客で盛況だったのに、ガランとして、客は他に一人しかいない。ほどなく、赤とねずみ色の中間のような色の生肉を載せたお皿が運ばれてきた。……そうか、それで空いているのか、とお皿をじっと見た。

同じ日、タイムリーに、友人から「昨日上野の焼肉屋に行ったんだけど、食べられないほど不味かった。ホルモンから冷凍庫の臭いがした」というLINEが届いた。「それわかる」と返信し、これも新型コロナと関係あるのかな、客が減って肉の質を落とさねばならなくなったのか、と言いあう。

つぎの日、〝外食が減り、食肉業界が打撃〟というニュースを見て、あっ、と思う。

うーむ、地元のお店を応援したいと、なるべく外食やテイクアウトをしていたけれど、これは……。

別の日。朝、マンションから犬を連れて出ると、管理人の高齢男性にとつぜん「犬！　おしっこ！　おいこらっ！」と大声を出された。びっくりし、「なんですか」と聞くが、知らないふりで、答えない。……犬がエレベーターで粗相をするという苦情の張り紙が確かにずっと貼られているが、うちではないし、うちだと誤解されるような出来事もない。この人はただ、弱そうな単身女性を選び、犯人と決めつけて八つ当たりしただけなんじゃないだろうか。そうなら、これもまたトランプイズムなのでは……？

管理会社に連絡はするが、なにしろ一人暮らしで、相手が合鍵も持っていると思うと、怖い。

同じ日の昼過ぎ。〝いつものカフェ〟へと歩いていると、どこからか救急車のサイレンが近づいてきた。さいきんほんとうに救急車が多いなぁ。新型コロナ患者だろうか、それとも熱中症患者か……？　大通りの交差点で、青信号側の車が停まらずビュンビュン通り過ぎていき、救急車が立ち往生している。いつもは車がすぐ停まるし、こんな光景を見たのは初めてのことで、暑さに朦朧《もうろう》としながらも驚いた。思わず知人にLINEを送る。すると「昨日まったく同じ状況の動画をTwitterで見たよー」と返ってきた。

これもまた、公共の利益ではなく、〝自分さえよければ他の人のことはいいや〟という考えからの行動じゃないだろうか。救急車に乗っている患者は所詮知らない人だし、停まったら自分の時間がもったいない、と……。

ウーバーイーツの自転車が、「邪魔だぁっ！」と叫んで歩道を通り過ぎていく。

……何か、おかしい。新型コロナと酷暑の両方のせいで、いらいらしている人が増えているのかな？

そして、世界全体も、あちこちでますます二分されていくように思える。

インドでは感染拡大が進んでいる。抗体検査の結果、二十六％の国民が一度は感染していることがわかった。

イランでは、お酒を飲むとウイルスを死滅させられるというデマが流れ、六千人近くの人が安価なお酒を求めてメタノール（エタノールと似た工業溶剤）入りの液体を買って飲み、八百人以上が亡くなってしまった。

ペルーでは、大勢集まるイベントが禁止される中、約百二十名のパーティーが開催され、警察が踏みこんだ。客が逃げ惑い出口に殺到し、十三名が圧死。逃げ遅れた二十三人が拘束されたが、そのうち十五人が感染していたという。

アメリカのマサチューセッツ州のスーパーで、男性が「コロナのハグだ！　おまえももうコロナだ！」と買い物客に抱きつく事件が発生。被害者の一人は、がんを克服した経験を持つ男性だった。

フランス南部の地中海沿いのヌーディスト村で、百五十五人の集団感染が起こった。裸であることとの関連はわからないが、周囲の村と比べて四倍の患者数だという。

オランダの国王夫妻が、バカンス先のギリシャで食事したレストランで、従業員と記念写真を撮った。だが、社会的距離が取れていないとの批判が寄せられ、後に公式に謝罪した。

デンマークの皇太子妃も、公務先でうっかり握手し、謝罪している。

香港では、三十代男性がコロナに二度も罹患。二つのウイルスは異なる変異型だとわかった。〝一度かかればもうかからない〟という説も覆されたことになる……。

カナダとアメリカの国境は三月から封鎖されているが、カナダ側の住人はウイルスの侵入をますます恐れており、アメリカ人っぽく見える相手をみつけては「ゴーホーム！」と絡む人もいるという。

さて、国内ではというと、分科会が「第二波はすでにピークに達し、今後最悪のシナリオをたどる可能性は低い」とコメントした。東京都の一日あたりの感染者も、ピーク時より減り、約百五十〜二百五十人を推移している。独自の緊急事態宣言を解除する地方自治体も出てきた。

安倍首相は十七日、病院に七時間半滞在し、何らかの検査を受けた。翌日は自宅療養。そして二十八日、健康上の理由で辞任を発表した。

芸能人の感染のニュースが続いている。山口もえさん、夫の爆笑問題田中裕二さん、つるの剛士さん、吉岡秀隆さん……。つるのさんの場合は、症状はあったが、ＰＣＲ検査で陰性で、数日後に再検査したら陽性になったとのことで、「一度陰性でも安心できないのか」と話題になっている。

夕方。食料の買い出しに出かけた。大通りの歩道で、自転車に乗った高齢男性が「わー、わー、わー、わー、わー！」と妙な声で叫びながらぶつかってきた。「ちょっと、やめてください！」と言うと、自転車を停め、謝るという形で、やけに長く話そうとする。しまった、つかまった……。振り切って、逃げる。

夜。犬の散歩に出た。板前風と見える六十代男性が、時短営業で帰宅時間が早いのか、私服姿で、駅に続く路地を歩いてきて、とつぜん「ここは犬の道じゃねぇんだ！　人間の道なんだ、このクソッタレぇ！」と甲高い独特の発声で怒鳴りつけてきた。「いらっしゃいませぇ！」「はい喜んでぇ！」「生ビールいっちょーう！」と同じ発声なので、飲食業界の人かなと思う。

……怖い。

知人から「小さな子を連れてると、高齢男性に『マスクさせろこの野郎！』とか大声で絡まれるんだよ。怖いよ」と聞いたのを思いだす。

この人たちは、弱そうな女性や、子供など守らなければいけない存在を連れている人など、相手を選び、ストレスを発散させてるのだろうか。

改めて、自分は〝人間〟だと思ってここまで生きてきたのに、こういう人たちにとっては〝女子供〟という下等な生物に過ぎないのかと、気づかされる。

つぎの日、美容院に行く。美容師さんに、さいきん近所の様子が変だ、治安が悪くなっているのか、怖いこともある、と話すと、「へぇ？　わたしはそんな目に遭ったことないなぁ」

と不思議そうに言う。「で、怖いことって何回あったの？　イッカイ？」と聞かれ、いや、一回ではないのだが、黙る。そっと話題を変える。お店の外に出るまで、平気なふりをする。

海外では〝ビリーブ・ウィメン〟――女性のいうことを信じる、という活動があると聞く。性被害や暴力被害を受けたとき、体調不良で病院に行ったときなど、じつにさまざまな側面で、女性の主張は常に「嘘じゃないか」「大げさに話している」と信憑性を疑われてきた。まずは女性の言うことを信じるところから社会を変えていかなくてはならない、と。

振りかえると、自分自身も、女性の知人が辛かった話を聞かせてくれているのに、「ほんとかなぁ～」と薄笑いをするようなひどい反応を、いつか、誰かにしてしまったことがあるような気がする。社会が自分に与えた偏見を鵜呑みにし続けた長い時間が、自分にだってあったのだ。

――今日、新人漫画家の恵口公生さん（二十三歳）が、今月十七日に緊急入院し、亡くなっていたことがわかった。四月十六日に『キミオアライブ』の一巻が発売されたが、コロナ禍で書店が閉まっているため、Twitterで告知したり、冒頭立ち読み、エッセイ漫画の公開など、販促のために最大限の努力をされていた。入院された今月十七日は、二巻の発売日で、担当編集者ともども再び販促に力を入れられていたという。

出版を糧に生きてきた自分にとって、これはとてもとても辛いニュースだった。ご本人、ご遺族、近しい方々、読者の方々はもちろん、一緒に奔走されていた編集者の方のお気持ちも考え、心が苦しい。

夕方、薄緑とレモンイエローのストライプの壁の〝ホテルのラウンジ〟に行った。アイスコーヒーを飲んでいると、バリスタのお姉さんに「大丈夫ですか」と労《いたわ》られた。「なんだか今日はずっと厳しい顔を……」「ええ、大丈夫です」とすぐ答える。

大人である自分にいまできるのはもう〝平気なふり〟をし続けることだけだったから。

## 九月六日（日）

台風を待つ週末。薄灰色の雲が空を重たく覆っている。

九州では、台風直撃が予想されており、感染対策のために避難所を避けようとする人たちが、ビジネスホテルの予約に殺到しているとのことだ。

さいきん、わたしは迷彩柄のキャップ、サングラス、黒マスクの完全防備で外に出かけている。見た目の印象がガラリと変わるためか、あれ以来、絡まれてはいない。でも道を歩くとき、自然と、どこにどんな風貌の人がいてどういう動きをしているか、警戒し、把握して行動するようになった。

不思議なことに、この扮装だと、男性の通行人は、こちらが意外に思うほどしっかり避けていく。電車内でも、いままでみたいにやけに近くに立ったりしなくなった。一方、女性の反応はべつに変わらないのだ。もしかして、男性という存在は、わたしには想像もできないぐらい、常に〝どっちが生物として強いか〟を測りあい、譲ったり、威張ったり、怯えたり、脅かしたりしあってギスギスと生きてるのだろうか？　って、もしそうなら、そんな生活は大変すぎるだろう……。わたしはこれが一週間続いただけでもうクタクタだよ……。それもまた〝有害な男性らしさ〟の一つじゃないだろうか？

　昨日、路地を歩いていると、女性から道を聞かれた。本当に道を聞かれることが多い人生だなぁ……。看板に見覚えがあるような気がする店名を言われたのだが、とっさに場所が思いだせず、「うーん、わかりません」と頭を下げた。相手は「そうですかー……」とがっかりしていた。

　歩きだしながら、以前ならGoogleマップで検索して「わかった。この道をまっすぐ行って二つ目の信号を……」と道案内していたな、とふと思いだした。

と、そこから……道を聞かれる話から急に大きくなるが、世界全体が〝自分と身内さえよければ他の人のことはどうでもいい〟という考えの人と、〝いや皆のことを考えよう。社会正義が大切だ〟と信じ続ける人とに、ますます二分されていっているように思った。

　わたし自身は、心や生活に余裕のあるときは、社会正義が守られるべきだと立派なことばかり考えていたが、コロナ禍の生活が続くうち、「もう自分さえ無事なら何もかもなんでもいいや……」と考える人のほうに、目に見えないぐらい少しずつ、少しずつ、引っ張られているような気がする。

おおげさかもしれないけど、知らない誰かが迷子になっているとき、数ヶ月前のように、一踏ん張りして助け舟を出すことをあきらめるようになったのが、小さな兆候なんじゃないか、と。

どれだけ引っ張られても、理性や社会正義や人間愛を持ち続けていたい、なんとかして踏みとどまりたい。他者の困窮に対しての想像力をもたない人間にはなりたくない。でも、そのためには、わたしは一体どうしたらいいのだろう……？

世界の感染者総数は、二千六百万人を超えたところだ。アメリカが約六百万人と最も多く、続くブラジルを、インドが超えそうになっている。犠牲となられた方は全世界で約八十七万人だ。

アメリカのサウスダコタ州では、約四十六万人が集まるオートバイ愛好者の集会で、約二十六万人が感染した。多くはマスクなしで社会的距離も取っていなかった。

ドイツでは、三万八千人による反マスクデモが行われた。これには極右組織の関わりが囁かれている……。

ロシア政府は先月、治験中の国内産ワクチンについて「完成した」と勇み足で発表した。この件は〝政治的思惑によって開発が左右されている〟として世界的に問題になった。今月になり、世界の製薬・バイオ企業九社が「我々はワクチンを急いで申請しない」との共同声明を発表した。

ベネチア映画祭が厳戒態勢で開幕した。俳優たちなどは、ドレスなどの衣装にあわせ、さまざまな趣向を凝らしたマスクを着用し、レッドカーペットを歩いた。

映画『バットマン』新作の撮影は、三月に中断され、さきごろ復活したが、主演俳優のロバート・パティンソンが感染し、再び中断された……。

十七年前、東京都の奥多摩で殺人を犯した男（四十六歳）が、潜伏先の南アフリカで食い詰め、帰国し、逮捕された。ロックダウンで仕事を失い、同居人も感染し、「自分も陽性かもしれない。もう日本に帰りたい」と南アフリカの日本大使館に出頭。国際便の発着がないため、帰還者向けの臨時便で帰ってきたという……。

さて、今日。わたしは三月後半から約半年ぶりに、おじいちゃんマスターの喫茶店でイートインした。万一、自分が無症状感染していてうつしたらいけないと、豆を買うだけだったのだが、今日店に入ったら、正面の壁の〝コーヒーフロート〟という張り紙が目に入り、「わぁ、おいしそうだなぁ。飲んでいこうかなぁ」とつい言った。するとマスターが破顔一笑し、窓際のテーブル席を指差した。

マスターによると、近隣ではテレワークが続き、会社勤めのお客さんが減り、豆の販売が増え、「毎日静かなもんだ！」という。確かに、お昼時の常連だった男性グループの姿もなく、客席は無人でしーんとしている。

いつのまにか、すっかり季節が変わり、壁に飾られた手拭いも色鮮やかな花火の柄だ。

常連の俳優さんが、緊急事態宣言中に、しばらくこられないからと主演映画のＤＶＤを郵送してくれたとのことで、マスターが「映画好きだったよね。よかったら観な」と三枚貸してくれた。ＢＳで録画した『椿三十郎』（三船敏郎主演、黒澤明監督）と『遙かなる山の呼び声』（高倉健主演、山田洋次監督）も。

コーヒーフロートを食べながら、コロナ禍のさまざまな社会問題の話を、訥々《とつとつ》とした。

マスターはしみじみ、「世の中にゃ、変えていかなきゃいけない問題がたくさんあるが、他に選択肢がなくなり、もう変わるしかなくなっちまうまで、人間ってのはなかなか変われないもんだよなぁ」と言った。

帰り道。

心の底から、あぁ、そうだな、ほんとうにその通りだと思った。

# 七　ガールクラッシュ

## 九月十三日（日）

今週、久しぶりに文楽を観に行った。二月後半のあの日から、じつに七ヶ月ぶりのことだ。

この公演は、初日の第一部が終わったところで、第二部の演者一名の発熱が判明し、すべての部が二日間休演に……。幸い、全員陰性と証明され、三日目に公演再開。わたしはその三日目の第二部に行ったのだった。

二月後半のときもチケットを取ってくれ、「ねぇ、四分の一ぐらいきてないよ」と言っていた友達とまた一緒だったのだが、劇場入り口にＮＨＫの報道クルーがおり、友達がマイクを向けられ、「そりゃもう、めっちゃくちゃ、うれしいですよぉ！」とにこにこコメントしていた。夕方のニュースで流れたかな……？

観客は席数半分。やはり高齢者の姿は少ない。しんと静まり返っている。

いざ演目が始まると、「わぁー！」と声が出そうになるほど楽しかった。もう五臓六腑に染み渡る思いだった。終わると、席数半分とは思えないぐらいの大きな拍手がワンワンと起こり、なんだかオペラやクラシックコンサートのスタンディングオベーションみたいだった。

帰り道、重たい霧が晴れたように心身がすっきりして感じられ、わたしは「こういうときこそ芸事が必要だ。本物の芸は有事に人を救うのだなぁ」と改めて思った。

相変わらず、行き帰りの道では、キャップとサングラスと黒マスクで完全防備している。自然と、背筋が伸びる。必要に迫られて始めた恰好だが、だんだん自分でも〝ビシッとしたい、いやするべきだ〟という気持ちに変わりつつある。これは一体どういう心境の変化なのかな……？

釧路空港から関西空港に向けて飛び立った飛行機内で、マスク着用を拒否した男性が客室乗務員を威圧。機が新潟空港に臨時着陸し、問題の男性を降ろすという事件が起こった。

東京都心では、オフィスの賃料が六年ぶりに下落した。テレワークが普及したことが関連するという。

京都では、清水寺周辺の阿闍梨餅屋、わらび餅屋、イノダコーヒ清水支店など、観光客に人気だった店が続々閉店している。

東京ディズニーランドを運営するオリエンタルランドが、社員は冬のボーナスを七割減とし、ダンサーには配置転換か退職を求めるという方針を示した。現在、客数半分以下で営業再開し、ハロウィンなどのイベントはすべて中止している。

全国のカラオケ店舗六千店のうち、約五百店がすでに閉店したという……。

国内全体で、健康診断を受ける人が約三割も減っている。また、がん患者が減少しており、これは病院を避けて検査を受けない人が多いせいだと考えられている。

一方、全国の大学では後期の授業が始まり、徐々に対面授業も再開されている。

東京都では、九月十六日から飲食店の時短営業が解除に。敬老の日、秋分の日の四連休直前の十八日からは、国のGoToトラベルに東京発着便も含まれるようになる。

国内の感染者数は、微妙な横ばいから、徐々にまた減っていっており、どうやら第二波も終わりつつある。段階を踏んでの経済再開が始まってはいるが……。

一方、世界全体では、一日の感染者数が三十万人と、過去最大の増加となっている。犠牲となられた方は百万人に迫っている。

インド、インドネシアなどアジア各国では、経済的困窮から児童婚が増加しているという……。

さて今日は、仕事をゆるゆると進め、夕方、おじいちゃんマスターの喫茶店で一休みした。

マスターはさいきん、仕事簡略化のためにメニュー表を廃止。壁に〝ブレンド、アイスコーヒー、コーヒーフロート〟と張り紙をし、「常連以外はほかのメニューがわからず、この三種類を頼むだろう」と言うのだが、そう聞いた端から、近所の人がどやどや入ってきて、「ウインナーコーヒー」「わたしアイスミルクティー」「イエローブルボン」と言うので、あまり変わらないかも、という気もしている。

カウンター席に近所の電気屋さんが座り、マンデリンを頼み、「今年はみんな家にいるからさぁ、エアコンが壊れて、修理で大忙しだよ」と話しだした。「でもさ、人に喜ばれたり必要とされる仕事ってのはうれしいもんだね」「うん、それが一番だな」とマスターと話している。

外の通りを眺める。ウレタン製の黒マスクをつけた若者の姿がめっきり増えた。ファッションと合っていておしゃれに見える。

なぜか頭にビールジョッキの被り物をつけたジョガーが、ゆっくり走って通り過ぎた。思わず微笑むと、ジョガーも気づき、ニコッとした。

誰かが空を見上げ、「おや、また雨が降りそうだな」と言う。つられて見上げると、灰色の雲が広がっていた。

ほんとだ、どうやら一雨くるようだ……。

## 九月三十日（水）

安倍首相の退陣を受け、菅政権がヌルッと始まった。

全体に高齢で、しかも男性ばかりだと、〝5G〟と揶揄する声も上がっている。国によっては、もっと若く、多様性があり、専門分野による適材適所な配置の内閣もあるのにと、わたしもニュースを眺めるたび残念な気持ちになる。

東京都内の感染者数は、一定数以上は減らず、横ばいが続いている。でも、GoTo キャンペーンの影響もあってか、人の動きは活発になってきたようだ。春夏にはファッションの傾向がまったくわからなかったのだが、町に若い人たちがどんどん戻ってきて、前髪長めのショートヘアに、ミルクティー色でフェミニンなデザインの韓国風ファッションなど、秋の流行が可視化されてきた。わたしはおしゃれして歩く人を見るのが大好きなので、自分も楽しい気持ちになって眺めている。

　春からずっと、打ち合わせやインタビューはオンラインでやっていたが、今月からまた対面に戻ってきた。前から打ち合わせで使わせてもらっている近場のレストランで、ティータイムに待ち合わせし、まず「文藝」来年一月発売号の「夢のディストピア特集」の打ち合わせをした。また別の日には、年明けに刊行する映画評論本の打ち合わせも。さらに別の日には、新聞連載（『火の鳥』）終了についてのインタビューも受けた。……ところがこの日は、店長さんがスプーンやフォークを入れたトレイをガシャンガシャンとカウンターに叩きつける音が響き、インタビュアーさんの声がかき消される。ん？　わたし、何か失礼なことをしたかなと考えたが、思い当たる節がない……。

　あとで知人にその話をすると、「あ……！　わたしも、さいきん近所のビストロで、厨房から鍋と鍋をガチャガチャぶつけるような音がずっと聞こえてて。行き辛くなったんです」と言う。わたしが「店長は穏やかな人で、いつもよくしてくれて」と言うと、「そういう人ほどですよ！　わかる、わたしの周りでも。いい人ほどですよ！　わかる。すごい辛いなその話……」と知人が首を振る。

夏の終わりとともに第二波は収まりつつあるが、経済がどうなるのか、不景気の犠牲がどれだけ、どんな形で現れるかは、まだまだ未知数だ。国をじっとりと覆う、どこか不穏な空気をひたひた感じている。

横浜の保育園長さんが、「子供が無表情になってきたのが気にかかる。大人がマスクをしていて表情が見えないせいでは」と心配している。医師も「表情から感情を読み取る能力の発展に影響する可能性がある」と危惧している。……しかし、そう言われても保護者の方々はどうしたらいいのか、と思う。

国内での物騒な事件が続けて報道されている。熊本大学でエイズやコロナの研究をする女性研究員（三十五歳）が、自宅マンションの元清掃員の男（六十七歳）に絞殺された事件や、十六歳の孫娘が、お酒を飲んだ八十代の祖父に滅多刺しにされて殺された事件……。

一昨日、うちの裏手の大型マンションで、入り口の植木が何者かにザクザク切られるという謎の騒動があった。犬の散歩で通りかかったら、住人が集まり、「またやられたよ」「さすがにない」「ひどい！」と、写真を撮ったりどこかに電話したりしている。それは夕方五時ごろのことで、つまり、ある程度は人目がある時間帯だ。裏通りの十字路で、近所に住む人やお勤めする人ばかり通る場所でもある。一体誰が、なぜ、と少し不気味に感じた。

ともかく、気を引き締め、外出するときも、念のため油断せずにいよう、と考える。

――国内では、極端な選択を行い、亡くなる方が増えている。今年八月は、昨年より二四六人増え、一八五四人だった。男性が五%、女性が四十%増え、とくに三十代以下の年若い女性の率は七十四%増と特化して多い……。

芸能界では、今月十四日に俳優の芦名星さん（三十六歳）が、二十日に藤木孝さん（八十歳）が、二十七日に竹内結子さん（四十歳）が亡くなった。

Twitterのタイムラインを見ると、芸能人のこういった訃報について自分なりの思いをコメントする人の数が目に見えて減っている。センセーショナルな形で語ると、誰かの心に影響を及ぼしてしまい、心ならずも連鎖反応を誘発するかもしれない。だから、見知らぬ誰かの命を守るために自制しているのだと思う。

映画評論家の友人が、「韓国では〝極端な選択〟という間接的な表現を使うようになっている。日本のマスコミもそうするべきだ。それに、亡くなられた方法について詳細をレポートしてはならない」と強く訴えている。本当にそうだ。黙って、いいね、とクリックする。

その一方で、三浦春馬さんのことから始まり、芸能界で訃報が続くことについて、一部では〝陰謀論〟も渦巻いている。

いつもの美容院に行くと、美容師さんも「こんなに続くのはおかしいよ」と〝他殺説〟を唱えるので、ハッとし、鏡越しにじっと顔を見上げた。「だって、地位もお金もあって人生順調な人がなぜ亡くなるの?」「それに、美しい女優さんが、見た目がみにくくなるかもしれない亡くなり方を選ぶはずがない」と言うのだが、他殺説の根拠はこれだけで、つまり客観的証拠じゃなく印象による直感を信じている……？

　このとき、わたしは、こんな身近な場所でも一つの〝分断〟が生まれ、ミシミシと音を立てて地面に亀裂が広がりつつあるのを感じた。

　アメリカでは、十三日、大坂なおみ選手が全米テニスで優勝した！　かっこいい！　しかもＢＬＭ運動と連動し、白人警官に殺された黒人犠牲者の名前を書いたマスクをつけて試合を続け、社会に対する強いメッセージ性が話題になりながらの快挙だった。……しかし日本テニス協会は、例年なら八百万円の報奨金を送るところ、「コロナ禍で財政難なので金額決定を先送りにする」と発表した。

　きっとたまたまのタイミングだったのだろうが、わたしは「〝社会的なメッセージを発信するな〟と選手を抑圧しようとしてるのかな？」と、少しだけ深読みしてしまった……。

　そうしている間にも、季節は回る。

　夏が遠のき、日に日に秋が近づく。感染への不安、訃報が生む悲しみ、暴力への恐怖、分断への警戒……。

　わたしは、なるべく出かける予定を増やし、誘いあって映画館や美術館や劇場に行くようにし始めた。あの日文楽を観て以来、芸事やアートに接したいという気持ちが日に日に強まるのだ。昨日も、友人と二人で落語の会に出かけた。

帰り、神田の味坊で、羊の串焼き、酸菜スープ、ジャガイモ炒めなどを食べ、友人は下戸なので、わたしだけクミン入りの異国風のトマトハイも飲んだ。友人が「御徒町の〝ＣＢＤ〟の店に寄りたいんだけど、まだ開いてるかなぁ」と言う。ＣＢＤとは、大麻から違法な成分を抜いたカンナビジオールというもので、リラックス、睡眠改善、食欲増進などの効果があるらしい。幸いまだ開いていたので、わたしもつきあい、お店でお試しコースを頼み、舌の下にカンナビジオール入りオイルを数滴垂らすというのをやってみた。

とくに変化はなく、「うーん、言われてみれば、若干リラックスしましたかねぇ……？」と首を傾げながら帰ってきた。

と、家に着いたら、さっき駅で別れた友人から「すごく楽しい気持ちで、いま電車の中でニコニコしてるよ」とLINEがきた。「春からずっと気持ちが重かったけど楽になった」「でも周りの乗客がちょっと変な顔でこっちを見始めた」というので、「へぇ、効果あったということかね。まぁ、試してみて、よかった、ね……」と余裕を持って返事をしている間に、自分も、どんどん陽気でピースフルでチルアウトな気分に覆われていき、しかも、なぜか友人よりも強めに効き始め、気づかぬ間に、西城秀樹のＹＭＣＡの要領で両腕を振りあげ、「ＣＢＤ！」「ＣＢＤ！」「ＣＢＤ！」と繰りかえしており、とにかく、春からのすべてのストレスが爆発したような、一種異常なる上機嫌が始まり、寝ている犬に向かって「イケメンですね！　ケッコンしてください！　はっはっはっはっはーっ！」とお腹の底から高笑いしているところで、さすがに「……えっ？」と青ざめ、友人に「わたしはいまこうなってる」

と詳細を送ると、「家に着いたところ。ちなみにわたし、そこまでじゃないわ。何してんの？　もしかしてお酒を飲んだからきつめに効いてる？」とか言うので、ひたひたと不安になり、医師の知人に電話で聞いてみた。

　すると「えっ、何、カンナビジオール？　そんなの知らない。ごっ、合法な大麻ぁ？　ちなみに合法ドラッグも、合法って名前だけど、合法じゃありませんよ。大丈夫なのそれ？」と疑いまくっている声が返ってくる。「あなたね、それ捕まるやつじゃない？」「そんなことないって……。でも、この効き方からして、急に心配になってはきてて」「いやぁ、恰好のニュース種だねぇ」「そうだねぇ、『火の鳥』刊行直前に、わたしが薬物で捕まったら、手塚プロにも、朝日新聞社にも、多大なる迷惑を、かけて、しま……」と言いつつ、自然とお腹の底から「はっはっはっはっはっはーっ！」とまた笑い声が出る。知人が「……ちょ、ちょっと待て！　うちの薬剤師さんに聞いてみてあげるから」と真剣な声になり、わたしが笑い続けながら待っていると、「……あぁ、こんなときに限ってつかまらない！」とどうやら困っているようなので、「困ったね！」と大声で言うと、「ほんとだよっ！」ともっと大きな震え声が返ってきた。

　この夜は、テンションはすごく高いのに、不思議と、興奮して眠れないということにはならず、零時前にコテンと寝て、久しぶりにぐっすり熟睡した……。

　翌朝、妙にすっきりした気持ちで目覚め、「えっ……。ＣＢＤってほんとに合法？」と首をひねった。

　ほうじ茶を淹れ、ゆっくり飲む。

　それにしても自分は、頭をぎゅっと押さえていた蓋をいざ開けたら、あんなふうになるほどでっかいストレスを、じつはずっと抱えてたのだろうか、と疑問に思う。

　それから、さいきん聞いた、いろんな物音や、声が……「ガシャン、ガシャン！」というトレイの音や、公園に響くお母さんたちの甲高い悲鳴のような声や、「わー、わー、わー、わー、わー！」「人間の道なんだ、このクソッタレぇ！」「はっはっはっはっはーっ！」「大丈夫ですか。今日はずっと厳しい顔を……」というさまざまな声が、一気にわーっと思いだされ、脳内で同時に響く。

　自分自身に対しても、大人だし、ええ、大丈夫です、と平気なポーズをとり続け、自覚していなかったけど、ほんとはぜんぜん大丈夫じゃなかったのかな？

　いや、わたしだけじゃなく、町中のさまざまな人が、気づいてないまま、もはやぜんぜん大丈夫じゃないのかもしれない。

　美容師さんの「人生順調な人がなぜ亡くなるの？」という、訃報のショックでかすかに震える声を思いだす。聞いたときは、わたしも「確かにそれはわからない」「ほんとうに一体なぜ？」と思ったが、いま改めて考えると、「辛かったんじゃないか。でも隠して、平気だと、ギリギリまで抑え、がんばったんじゃないか」と……。考えるというより、そういう理屈を超え、いわば五臓六腑の感覚として、いま、理解できる気がして……。

## 十月十日（土）

先日のこと。

西日暮里の紅茶屋さんで、年若いティーマイスターさんによる〝英国紅茶を楽しむイベント〟が開催されると聞き、行ってみた。楽しかった！　手作りのスコーンとジャムのお土産ももらっての帰り道、「やっぱりまたあちこち出かけたいなぁ」としみじみ思った。

川沿いの〝クラフトビールのバー〟では、いちばん奥の席に、ここ一ヶ月ほど、テーブルいっぱいに画材を広げて絵を描き続ける謎の白髪のドイツ人女性がいる。その人の描く絵が店の壁に飾られ、日に日に増えていく。異国の風景画、バーのスタッフさんの笑顔、心を伝えてくる抽象画……。店に行くと、じつにいいなぁと思いながら、黙って眺めていく。

〝ホテルのラウンジ〟では、バリスタのお姉さんが「休みの日に工房を借りて自家焙煎もしてるんです」と、マラウイのチシ・ミスクというめずらしい豆を一杯分分けてくれた。初めて飲む味で、新鮮なおいしさだった。

木造二階建ての〝いつものカフェ〟では、行くたび、テーブルやカウンターにきれいな花が飾られている。

おじいちゃんマスターの喫茶店では、季節が変わるごと、壁に飾られた手拭いの柄が変化する。

緊急事態宣言のころ、一定の色に光り続ける東京スカイツリーを見上げては、たまらない気持ちになったので、こうして、花や絵画や手拭いの柄が時とともに刻々と変わっていくことに、癒されている。

お店の黒板や壁に、チョークやスプレーで見事な絵を描くスタッフさんもいる。そういうものを、町でみつけるたび、興味深くじっと見るようになった。

見事な味のケーキやカレーを、インスタで数量限定で販売する人たちがいて、ときどき買ってみては、「えっ、何これ、めっちゃおいしい……!」とおどろく。

有機野菜の小規模な通信販売を営む人に注文してみると、自分で焙煎した麦茶が二種類、サービスで入っている。飲むと、これもハッとするほどうまい。

注意深く見回してみると、町中に、みんなが発信する身近な〝アート〟が……つまりこの時代のリアルを体現する創作物が溢れている。美術館や劇場も好きだけど、いまは、こういう町のアートにもずいぶん助けられて暮らしているな、と気づく。

さいきん、わたしは平気なふりをもうやめ、何事もむりにがんばらないように心がけ始めた。……先日のこと。電車に乗ったら、人身事故で停まり、二十分ほど立ち往生したのだが、べつに急ぐ用もないくせに、コロナ禍の前ならありえないぐらい焦りだし、急激に沸騰するようないらいらを感じた。このとき、「あっ、これは弱ってる。わたし、やっぱりぜんぜん大丈夫じゃない」と改めて認める気持ちになった。だから、仕事するとき以外は、なるべくのんびりしよう、チルアウトを心がけるのだ、と思っている。

　さて、四月からのステイ・ホーム以降、近所の人たちの外出着が劇的に緩んだと思っていたのだが、今月になり、わたしはついに、見た。……パジャマのまま出かける人々を！　一人は男性で、平日の昼過ぎ、木綿の水玉パジャマ姿で、携帯電話で多忙そうに通話しながら、大通りの信号じゃないところを大股で横切っていった。もう一人は女性で、シルクっぽいツルツル素材のパジャマ姿で犬の散歩をしていた。

　一人目を見たときは、思わず「――この世の関節が外れてしまった！」（『ハムレット』）とつぶやいたが、二人目を見たときは、「……いや、ストレスをためるよりは、みんなもうこれぐらいゆるく暮らしていいじゃないか」と思った。

　国内のコロナ関連解雇が六万三千人を超えた。製造業、サービス業、小売業、宿泊業、飲食業の順に多いという。

　先月末、フランスのパリで活躍する著名な日本人シェフ、関根拓《たく》さん（三十九歳）が、極端な選択を行い、亡くなった。コロナ禍の病院に温かい食事を提供するボランティアを行う記事を、確か四月に読んだ記憶がある……。だがその後、悪質なデマを流され、うつ状態となっていたという。

神戸市のヤマト運輸の集配センターでは、問題を起こして解雇された男が、逆恨みしてセンターを襲撃。四十代の女性従業員が刺され、亡くなった。

……職場、家庭、元恋人の間などでの暴力的事件が増えているような気もする。でも、統計の数字があるわけじゃないので、なんともいえないのだが……。

東京の南多摩病院総合内科・膠原《こうげん》病内科の部長によると、「コロナ禍となってから、性格が怒りっぽく変わった患者が多いと感じる。礼儀正しかった人が、怒鳴り散らしたりと、以前ならしなかったはずの行動を見せる」という。「この原因は〝見えない不安〟であり、人から人へと伝播している。高齢者のほうが悪化しやすい傾向がある。今後はＰＴＳＤとの関連も研究したい」とのことで、部長はこの現象に、英語の言葉の頭文字を繋げて〝シャムズ〟と名付けた。

これには、安易なラベリング（名前をつけること）だとの批判も上がっている。でもわたしは、ひしひしと感じていた現象に、仮にでも名がつき、社会において可視化されたことに、ずいぶん安心もしたのだった……。

女性の知人から「〝駅ぶつかり男〟が増えました。あと子連れだと道で絡まれることがあって」と聞く。「〝女性に八つ当たりしてすっきりした〟という成功体験を与えてはならないと、毎度厳《いか》つめに言い返してますよ」と言われ、なるほど、いや、本来ビシッとそうすべきなのだ、と思う。

さいきん、近所では、お巡りさんたちが自転車でパトロールする姿を見ることが増えた。パトカーもよく巡回し、「強盗事件が多発しています……在宅中の家に押し入り、現金、クレジットカードを……」と注意喚起の放送をしている。

そして、これは事実ではなく、わたしの主観なのだが……。

近所の様子を見ていると、若い人たちは、いまではもうそこまでウイルスを恐れていないように見える。若年層は、命に関わるまでの症状にはなかなかならない、と思えるようになってきたからかな？　四月からの緊急事態宣言のころは、年齢に関係なく、町中のみんながピリピリしていたような気がする。

そして、そのぶん、彼らは周りへの思いやりを保っているようにも見えるのだ。……昨夜も、裏通りで酔い潰れてコントのように爆睡している中年男性を心配し、通りがかりの若い男性が通報し、お巡りさんがくるまで、車に轢かれたり鞄を盗まれたりしないようにと見守ってあげていた。わたしはその横を、犬の散歩をしながら、「優しい人だなぁ。というか、彼は心にまだ余裕があるのだな」と思いながら通り過ぎた。そして、いまの自分は、「まぁわたしには関係ないし。潰れるほど飲んだのはこの人の自己責任だ」とでも思って、放っておくだろう、と。もはや、誰かが困っていても、想像力を働かせることなどなくなってきているのだ。

でも。

ねぇ……。

わたしは、以前からそんな人間でしたか……？

あなたは？

……あなたは？

ねぇ、みんな、どうでしたか？

分断されていく世界で、いま、わたしたちは、どちら側の、どんな人間なんですか……？

わたしはさいきん、いまの自分のことを、〝内面がよくわからない、見知らぬ、ちょっと不気味な誰か〟と感じることがある……。

——世界全体では、犠牲となられた方が百万人を超えた。四割以上がアメリカ、インド、ブラジルの方だという。

ブラジルでは、経済を優先し、自らも感染した例のボルソナロ大統領の支持率がいまも安泰だ。

インドでは、大規模な都市封鎖によって、出稼ぎ労働者たちが高速道路を歩いて遥か遠くの地元に帰ったことが、全土に感染を広げる原因になったと考えられている。

そしてアメリカでは、トランプ大統領夫妻が感染した。先に感染した側近の人物と、ノーマスクでエアフォースワンに同乗していたため、検査を受け、発覚。大統領は七十四歳と高齢であり、重症化リスクが高い。十一月三日に行われる大統領選に向けた選挙運動も困難となってきた。

欧州でも、夏のバカンスシーズンの後、再拡大が進み、ロックダウン、マスク着用の義務付け、飲食店の閉鎖などの対策がまた始まっている。同時に、そういった規制に反対するデモも各地で起こっている。

パリ在住の「ケンゾー」創始者のデザイナー、高田賢三さん（八十一歳）が感染し、約一ヶ月の闘病の後、亡くなった。

ＷＨＯによると、世界人口の十％がすでに感染している可能性があるという……。

国内では、世界がこのような状態の中、来年に延期された東京オリンピックについて、森会長が「どんなことがあっても必ず開催する！」と宣言した。これには「まるで太平洋戦争の〝インパール作戦〟だ」と批判の声が上がっている。

北海道では、札幌のススキノの飲食店三千八百店のうち、三百店がすでに閉店したという……。

うちの近所でも、閉店し、テナント募集の張り紙が出ているビルが目に見えて増えてきた。飲食店、服飾店、ドミトリーやビジネスホテル、高級ペルシャ絨毯販売店……。あんなにたくさんあった富士そばも、いつのまにか減り、〝富士そばの魔法陣〟が町から消えた。

先日、ロイヤルホスト系列の親会社が多くの店を閉鎖すると決定したというニュースを見たのだが、さっき通りかかったら、近所の系列店も閉店しており、店内でお皿やグラスを一つ五十円で販売していた。

その様子を外からぼんやり見ていたら、ちょうどおじいちゃんマスターが自転車で忙しそうに通りかかった。「あ、こんちは……」と挨拶すると、「おう！　百均に行くのかい！」と力強く聞かれ、ちがうのだが、勢いに押されて「そ、そうです」と答えた。すると、言ったからにはという気持ちになり、ほんとに百均に寄り、ゴミ袋やラップなどを買った。

帰るついでに、おじいちゃんマスターの喫茶店にも寄ってみる。

すると、窓際のテーブル席に男性五人組がいた。楽しそうに笑って何かを……あっ……漢気ジャンケン！　勝った人が全員のコーヒー代を払うという、例の懐かしいジャンケンを、いままさにしているところだった。

五人組がお会計し、笑いながらどやどや出ていく。「コロンビアください……」と頼みながら、横目で見送り、「いまの人たち、前はよくきてましたね」と聞くと、マスターは「そう。ずーっといなかったけど、今日、急にまたきたんだよ！」と、何か忙しそうに作業しながら、早口で言った。

それから顔を上げ、「ま、この辺にも少しずつ人が戻ってきたのかね」とうなずいた。

## 十月二十五日（日）

先日。

〝いつものカフェ〟の二階の隅の席でのんびりしていたら、あの日一緒にブルーインパルスを見上げたスタッフのお兄さんがそっと近づいてきて、「ぼく、今日で最後なんですよー」と言った。

えっ、と顔を見ると、いつのまにか日に焼け、明るく精悍な顔つきになっていた。そう指摘すると、「そう、新しい仕事は日焼けするやつなんです。それに週七だから、ここのシフトにはもう入れなくて」と笑う。

後から、もしかして農業かな、と思い至った。この町の週末マルシェには、有機野菜を販売しにくる農家さんが多く、わたしもときどき買っている。いつか、お兄さんが作った野菜を知らずに食べる日がくるかもしれないなぁ……。

この日、お兄さんは、花屋で買ってきたらしき大きなオレンジ色の花を花瓶に飾り、テーブルに置いたのだが、数日後、またカフェに行くと、お兄さんはもうおらず、花だけがテーブルの上で鮮やかに光り輝いていた。すると、いなくなった人の気配が急に眩しく濃密に感じられ、わたしは何をするでもなく、しばらく、ぼーっと花にみとれた。

昨日。外資系のＩＴ企業に転職した元担当編集者さんと久しぶりにごはんを食べにいった。その会社も三月からテレワークが続いているらしい。代わりに、希望する社員は一日三十分の〝ドーナツタイム〟に参加できると言うので、「ドーナツタイムって一体なんですか？」

と聞くと、「ランダムに選ばれた三人がオンライン上で雑談する時間のことなんです。世界中の支社で同じ時間に行うから、全員日本の支社の人のこともあれば、インド、中国、アメリカとか、バラバラなこともあって。これがけっこう楽しいんですよ」と教えてくれた。

自然の中にいて、太陽や風を感じたり、植物を育てたり、リラックスすること。オンライン上で、いろいろな人とコミュニケーションを取ること。二人から学んだ、この二つも、これからの〝新しい日常〟には大事なことかもしれないな、と考えた。

国内の状況は、政府による〝GoToトラベルキャンペーン〟に続く〝GoToイートキャンペーン〟も今月から始まり、町に人がどんどん戻ってきている。一方で、その影響でか、都市部の感染者数が横ばいから微増に転じ、「冬に向け〝第三波〟がくる」と危惧する声も増えつつある。

航空大手のＡＮＡでは、来年三月期の赤字が五千億円になる見込みだ。ＪＡＬでも、今年四～六月期が千三百十億円、七～九月期が八百五十億円の赤字に。

旅行大手ＪＴＢが国内店舗の二割を削減する。

個人事業主ら向け持続化給付金百万円は、どうも審査がザルだったらしく、不正受給が全国で少なくとも千件以上あると見られている。広島県では、指南役が大学生やアルバイトをフリーランスに見立てて申し込みさせ、一割だけ本人に渡していた。この指南役は近々逮捕されるとみられている。

天皇家の愛子さまが、今春入学した学習院大学にようやく初通学した。春からずっとオンライン授業が続いていた。

芸能界でも感染は続いている。俳優の広瀬すずさん、中川大志さん、阿部サダヲさん……。

ロックバンド「赤い公園」の津野米咲さん（二十九歳）が、極端な選択を行い、亡くなってしまった……。

国内の祭はすべて中止だと思っていたら、秋に延期された地元の〝三社祭〟は、なんと、トラックに神輿を乗せて走るという斬新なアイデアで密を避け、決行された。大通りを、神輿と奏者を乗せたトラックが、お囃子を響かせながら意外なほどのハイスピードで走り去っていくのを目で追い、わたしは「こいつぁ、かなりのディストピア……」とつぶやいた。

三月にペルーのマチュピチュを観光で訪れた日本人男性（二十六歳）が、帰国できなくなり、山麓の村に約二百日も足止め。職業がボクシングトレーナーだったため、村でボクシングを教えてなんとか生計を立てた。ペルー政府は、彼一人のためにマチュピチュ観光を特別に許可。男性は世界遺産を思い切り独占観光したという……。

世界では、感染者総数が四千万人を超えた。一日あたりの感染者数も増加を続けている。欧州で再拡大し、ロックダウンや飲食店の営業規制などが続いているが、イギリスで「共産主義国のようだ」と反規制デモが起こるなど、各地で反発も強まっている。

ドイツの首相は、「今の行動によってクリスマスの状況が変わってくる」と国民に自制を呼び掛け。

ロシアのサーカスでは、調教師を目指す二十八歳の男性が、清掃中にクマに襲われ、亡くなった。マスクをしていたため、クマが誰だかわからなくて襲いかかったのでは、と言われている……。

近所を歩くと、閉店する店が増える一方、生き残った店に、人出が確実に戻ってきている。薄緑とレモンイエローのストライプの壁の〝ホテルのラウンジ〟は、今年二月にリニューアルオープンし、ほどなくコロナ禍となり、四月に閉鎖。五月に再び開けたものの、客足は鈍く、素敵なお店なのに空いている日も多かった。が、九月半ばから、おしゃれした若い女性グループやカップルがきて、きれいな壁の前で写真を撮りあったり、名物のレモンとオレンジのパウンドケーキを食べたりと楽しそうに過ごすようになり、そのうち、満席の日、行列をつくって待つグループがいる日も出てきた。

てっきり、テレビや雑誌などのメディアで紹介されたのかと思っていたら、「インスタの写真で火がついて口コミで広がったんです」とのことだった。

十月になると、GoToキャンペーンのお客さんも増えてますます盛況に。朝早めに行くと、宿泊客のファミリーやカップルもたくさんいて、みんな絵画のように美しい洋風おにぎりセットを食べている。

三月終わりのあの寒い日、バリスタのお姉さんが、近隣のお店に「チラシを置かせてください」と電話し続けていたとき、横顔に（ぜったい負けない！）という決意を見たように感じたことを、思いだす。わたしはただのモブの客に過ぎないが、賑わう店内で、ふと万感の思いがこみあげる。

さて、今日の朝。宿泊客の朝食の時間が終わり、ランチタイムまでの間、エアポケットのようにぽっかりあいた静かな時間に、わたしは〝ホテルのラウンジ〟を訪れた。お姉さんが熱々のコーヒーをサーブしてくれ、そのとき、少しだけ世間話をした。

お姉さんは3・11で被災し、避難所へ。そこで温かいコーヒーを配り、みんなのホッとした顔を見たことから、この進路を選ばれたという。

そうか……。

わたしが以前、「リラックスして。肩の力を抜いてください」とアドバイスされたとき、ふと感じたあの〝何か〟は、これだったのだろうか……？

思い返すと、「大丈夫ですか」と心配してくださるときも、タイミングが正確だったように思う。切実な目でキャッチし、発してくれた大切なメッセージなのに、自分は、ばかみたいに見栄を張って、平気なふりをするのに忙しくて、ちゃんと聞かなかったのだな、と。

それにしても、だ。「親ぐらい年上だから心配するのは自分のほう」なんて、どうして思えたんだろう？　振りかえると、傲慢で、恥ずかしい。年齢も多様性の一つで、どっちがどうということはないのに。生きてきた時間の長さではなく、個人の経験、知性、戦ってきた歴史にこそ、お互いリスペクトすべきなのだ。

韓国のガールズグループに〝ガールクラッシュ〟というムーブメントがあるという。女性も憧れる、堂々として自信に満ちた、かっこいい女性像のことだ。知人に勧められ、BLACKPINKやファサのMVを観て、ほんとだ、クールで素敵だなぁと思った。そして、このディストピア化した東東京において、キャップやサングラスで完全防備するうちにヒシヒシと感じ始めた、「自らビシッとしたい」といういまの気持ちとも近しい何かがあると思った。

Netflixの韓国ドラマ『愛の不時着』と『梨泰院《イテウォン》クラス』もさいきん大人気で、たくさんの人から勧められる。観ると、どちらの作品のヒロインも、少し前ならいわゆる〝悪役令嬢〟的なライバル役にされただろう、気が強く、自分の考えを主張し、欲求に正直で、自負を持つ……〝ガールクラッシュ〟的な人間たちなのだ。『梨泰院クラス』のヒロインのイソは、差別的な面も持ち問題を抱えてはいるのだが、凛としているのはよいところだと思う。年上の女性から「女は控えめじゃないと可愛くないわよ」と注意されても、鼻で笑い、相手にしないというシーンがあり、あまりに痛快で、鮮やかな快感を得て、わたしは巻き戻しては何度も何度も観た。

思えば、自分は十代、二十代と、「思うまま堂々と振舞ったりしたら『可愛げがない』と叩かれる」「でも可愛らしく振舞っている女の子も『媚びてる』『ブリッコ』と嫌われている」という世の中にいて、「つまり女はおとなしく控えめにしている以外に正解が一つもないのだ」と、自分で自分をあきらめ、半ば去勢し、身の安全のため、一歩、二歩と、引いて、引いて生きてきたように思う。

あぁ、本当に、〝世の中には、変えていかなきゃいけない問題がたくさんあるが、他に選択肢がなくなり、もう変わるしかなくなっちまうまで、人間ってのはなかなか変われないもん〟だったんだなぁ！

わたしは、コロナ禍の東東京で、最初は、痛みを受け流し、つぎに、平気なふりをし、とうとう、どうしたってもうだめで、これからも生きるため、極端な選択を行わないため、いま、根本的な生き方を変えねばならなくなったんじゃないだろうか。

さいきん、続々刊行される、新時代のフェミニズムの本や雑誌を読んでいる。これからのため、自分自身のため、そして社会のために、一から学び直すべきことがあると思える。

そして、このコロナ禍において、香港で起こっている国家安全法への命をかけた抗議活動や、アメリカから広がるＢＬＭ運動にも思いを馳せ、長々と考えこむ。

いまはあまりにも困難な時代だが、だからこそ、社会の問題を根本的に変えていくべき時で、毎日辛いけど、でも、みんな、わたしたち、みんな、ここが踏ん張り時なんじゃないかと……そう思えてきたのだ。

……この日、ラウンジからの帰り道。「文藝」のディストピア特集のことを、はっと考え始めた。五十枚の短篇の依頼で、締切は十一月半ばに迫っている。

いまのわたしが、社会にどうしても投げたい、根源的なる問いとはなんだろうか？

いま命をかけて発するべき問いとは？

考える。

わたしは、何者か？

……あなたは？

みんな、いま、どんな人間でいますか？　わたしたちは、いま、社会の何と闘い、何を変えようとしている、どんな顔をした誰なのか、と。

# 八　時間どろぼう

# 十一月十五日（日）

先週のお昼のこと。

一仕事終え、いつものようにおじいちゃんマスターの喫茶店で一服した。と、テーブル席から、「もう十一月になっちゃったなぁ」「ほんと、今年はコロナの思い出だけだったな」という会話が聞こえてきた。わたしも（ほんとそうだなぁ……）としみじみ思った。春も、夏も、秋も、どっかに飛んでってしまったよなぁ。

東京都の一日あたりの感染者数は、ずっと百〜三百人台を推移している。毎日、夕方になるとスマホで今日の人数を確認するのが日課なのだが、同じような数字が続くと、まるで同じ日を延々と繰りかえしてるような感覚になる。

そんな中、大阪府では、十一月一日、大阪維新の会による〝大阪都構想の住民投票〟第二回が行われたが否決された。これには「コロナ禍の今やることか？」との批判も多く上がっている。

その大阪府では、投票九日後の十日、感染者が二二六人にまで増え、「投票で人出が増えたことが原因ではないか」と指摘する声も上がっている。

愛知県では、〝大村知事のリコール署名運動〟があったが、十一月四日の締切後、署名数が足りず、頓挫。のちに不正な署名が多く混ざっているとわかった……。

ちょうど、十一月三日にアメリカの大統領選があり、民主党のバイデン氏が勝利したのに、トランプ大統領が「負けていない」「選挙に不正があった」と証拠を提示しないまま支持者を扇動し続けるという衝撃的な報道が続いているところなので、大阪府の都構想住民投票や、愛知県の知事リコール署名運動も、「信じたいものを信じる。時に結果を捏造せんとすることもある」という部分で、わたしには重なって感じられた。

経済は、ますます逼迫している……。エイベックスは、コンサートの中止や延期の余波もあり、三十二億円もの赤字になり、希望退職者を百人募集し始めた。アパレル大手のワールドも、百十億円の赤字で、三百人以上が希望退職。ゲーセンとパチンコのセガサミーも二百十七億円の赤字で、希望退職者六百五十人を募集。洋服の青山でおなじみ青山商事も、二百九十二億円の赤字で、希望退職者四百人を募集。紳士服のＡＯＫＩ、革靴のリーガル、資生堂なども大幅な赤字……。

近畿日本ツーリストも、個人旅行用の店舗の三分の二を閉鎖し、社員を三分の一に減らすという。

飲食チェーン店の閉店も続いている。ワタミは二割の百十四店を閉店。すかいらーくホールディングスも、二百店を閉店もしくは業務形態変更。コロワイドも居酒屋百二十五店と直営レストラン七十店を閉店……。

一方、航空各社は、コロナが収まったときにスタッフが不足しないようにと、ＪＡＬがヤマトホールディングスや官公庁などへ、ＡＮＡが成城石井や家電のノジマなどへと社員を出向させ始めた。

大学生の就職内定率は約七十％と、リーマンショック以来の低さだ……。

七月から四ヶ月連続で自殺者数が前年比増となっている。十月は去年より約四十％増加した。

今月十三日、わたしも観劇した『刀剣乱舞　虚伝』で明智光秀役を演じてくれた俳優の窪寺昭さん（四十三歳）が、極端な選択を行い、亡くなってしまった。二十六日からの舞台『喜劇おそ松さん其の2』（イヤミ役）出演を控えていた……。

こういう報道が続くので、わたしはだんだん、報道に芸能人の名前が上がるとドキッとするようになってきた。十月末、「俳優の伊藤健太郎さんが……」というニュースが目に飛びこみ、息を呑んだが、「……ひき逃げをし、被害者を骨折させた」という内容だった。大声では言えないことだけど、わたしはつい「よかった、生きてる」と思ってしまった。もちろんひき逃げは最悪だし、被害者は大怪我をしているのだが。でも、それでも、つい……。

世界全体では、第二波が到来しつつあり、感染者総数は五千万人を超えた。スペイン、フランス、ドイツ、イギリスなどで再びロックダウンとなり、フランスのマクロン大統領は「クリスマスと新年までには一部店舗を開けたい」と国民に協力を呼びかけている。イタリアやポーランドでは、規制への激しい抗議活動が。ナポリの街ではゴミ箱から火の手が上がり、警官が催涙ガスで市民に応戦しているところだ。

イギリスでは、三月のチャールズ皇太子に続いて、四月にウィリアム王子も感染していたことがわかった。その四月、王子は感染を伏せ、十四件ものリモート公務を行っていた。

中国では、新疆ウイグル自治区で一人の無症状感染者がみつかったため、当局が二日で二百八十三万人を検査。百三十七人の無症状患者をみつけたという（徹底しているな……）。

北朝鮮では、コロナ対策を怠った幹部向けの〝コロナ怠慢罪〟が発足した。最も重い量刑は死刑だ。中国との国境に地雷を設置したという報道もある……。

わたしは今月、「文藝」のディストピア特集の原稿にかかりきりになっている。コロナ禍で私的につけていた日記の一月から十月までをまとめることにしたのだ。今のこの状態こそディストピアに違いない、と。五十枚の予定よりだいぶ長くなりそうだが……。

というわけで、ひたすら原稿をまとめる毎日だ。

その傍ら、二回、人と外食もした。

一回は新聞連載（『火の鳥』）の打ち上げで、四人以内の少人数で、静かに行った。ちょうどアメリカ大統領選の日で、もうこの話題で持ちきりだった。それと、趣味を紹介するコーナーで、うちのベランダ園芸について取りあげてもらうことになり、「後日おうちに取材に伺いますね」という話にもなった。

そしてもう一回は、昨日。十四日（土）。三ヶ月に一回ぐらいご飯を食べるメンバーで集まり、ワインを飲み、洋食を食べた。やっぱりみんなでわいわい食べるごはんはおいしくて、帰り道、「おいしかったね」「年内にもう一回集まろうよ」「忘年会しよう」「換気のいい焼肉屋がいいね」と話し、「またねぇ！」と手を振りあって、またすぐ会えると思い、別れた。

## 十二月#$@日（☆）

今日のお昼過ぎのこと。

一仕事終え、〝ホテルのラウンジ〟に行った。バリスタのお姉さんが「ちょうど珍しい豆を入手したところで」と、ルムダモ・エチオピアという豆を二種類飲ませてくれた。

コーヒー豆には世界オークションというものがあり、お姉さんも例年申し込んでいるのだが、「いつも欧米に流れ、日本にはなかなか入ってこないんです。でも今年はライバルが減り、二種類申し込んだら両方買えたんですよ」という。

なんと、こんなところにもコロナの影響が……と唸りながら、香り高いコーヒーを、よく味わって飲んだ。

――友人との食事会があった、十一月半ばのあの週末が明けた途端、感染者数が増加し、国内の空気がガラッと変わった。

焼肉屋で忘年会をしようという話もなしになり、Zoom忘年会に変更に。

ベランダ園芸の取材も、電話取材に変わり、写真撮影は、なんとわたしがスマホでやった。記者さんにLINEで「これはぼくが新人のころ先輩に習った技ですが……」「思い切って対象物、この場合はバラの植木鉢に近づく」「そして背景に空をもっと大きく入れて！」と指示されながらで、じつは、ちょっと楽しかった。

「文藝」のディストピア特集にまとめていた十月までの日記は、ぶじ完成した。新たに年末か年始までの日記を書き下ろし、四月に単行本化することになり、いまはその作業に取りかかっている。

国内では、どんどん増え続ける感染者を前に、感染対策を取る側と、経済活動を目指す側の攻防が続いている。

十一月十八日。日本医師会が「感染者増は政府のGoToトラベルがきっかけだ」「この週末の連休、皆さん出かけないで」と呼びかけた。

翌十九日、東京都知事も「会食は〝五つの小〟で」とフリップを掲げて会見した。小皿、小声、小人数……あとなんだったっけ……？

モニタリング会議は「一ヶ月後の年末、東京都の感染者は一日千人を超える」という予想を発表した。

二十日、分科会は「国民の個々の努力に頼る時期は過ぎた。政府は感染拡大している東京と大阪と札幌をGoToトラベルから外すべきだ。政府の英断を心からお願い申し上げる」と強く訴えた。

東京都医師会も「GoToトラベルの一時中断を」と訴え。

二十二日、国内の犠牲者数が二千人を超えた。

翌日から、大阪府、東京都、北海道が、相次いで時短営業や休業要請を決めた。

二十五日、分科会は「今後三週間が重要。ここで抑えられないと再び〝緊急事態宣言〟となる。全国的な移動自粛が必要だ」とGoToトラベルの見直しを政府に改めて求めた。

二十七日、東京都の一日の感染者が五百七十人に。

十二月一日、国内の感染者総数は十五万人に。重症者は四百九十三人と過去最多に。

東京都知事が「高齢者と基礎疾患のある人はGoToトラベルを自粛して」と呼びかけ。

二日、日本医師会は「がんや心臓疾患の医療体制がすでに崩れ始めている」と警告。

三日、大阪府が〝大阪モデル〟を赤とし、太陽の塔が真っ赤にライティングされた……。

四日、東京都知事が「高齢者に限らず全世代が不要不急の外出自粛をして」と要請。

大阪府知事が自衛隊に看護師の派遣を要請するらしいとわかった。

五日、国内の感染者数が四日で一万人増え、十六万人に。

九日、分科会が「東京などステージ三になった地域のGoToトラベルを停止すべき」と政府に再度警告した。

九日には、国内の感染者総数がまた四日で一万人増え、十七万人に。全国の一日の感染者数も二八〇二人と過去最多に。

十日、東京都の一日の感染者数は六〇二人に。

十一日、日本病院会が「医療崩壊につながる。GoToキャンペーンの一時停止を」と警告。分科会も再度警告した。

しかし、政府の対応は……。

十一月二十日に首相が国民に「感染対策とGoTo利用を両立してほしい」と呼びかけたり、十二月三日にGoToトラベルとGoToイートの期間延長を決めたりと、経済再開への舵取りを続けている。感染拡大地域だけ一時的に外したりはするものの……。

東京都の前日の感染者数が六百人台となり、病院会と分科会が政府に強く警告した十二月十一日のこと。菅首相はニコニコ動画のインタビュー番組に出演。開口一番「こんにちは、ガースーです」と笑顔で挨拶し、改めて「GoToキャンペーンを続ける」と宣言した。

これは「ふざけた挨拶をしてよい時期か？」と大炎上。

翌十二日、毎日新聞の世論調査で、内閣支持率が約四十%と急落した。

十四日(月)、首相は「全国のGoToトラベルを十二月二十八日から一月十一日まで一時停止する」と突然発表した。支持率低下が関係したのではとの声もあるが……？

この夜、首相は自民党の二階幹事長に呼ばれ、政治家と王貞治氏と杉良太郎氏とみのもんた氏の計八人の会食に出席した。国民には外出自粛と五人以上の会食自粛を要請しており、政治家が連日会食を続ける件が改めて強く批判された。

東京都はこの日、飲食店などへの午後十時までの時短要請を一月十一日まで延長。協力金を一律百万円払うことに……。

十一月半ばからの一ヶ月で、あれよあれよと毎日感染者数が増え、分科会の強い警告、医師会や看護協会の悲鳴のような警告や声明発表が連日続いている。

それでも、政権はあくまでもGoToキャンペーンを続けようとしている。ある人が「首相はもはやコロナじゃなくてGoToに反対する勢力と戦っているように見える」と評し、わたしも、あぁ、そうかも、と思った。

日本中が第三波に翻弄され、いろんなことが同時に起こり、時の流れも、わたしにはもうよくわからなくなってきた。

ある日のこと。

いつのまにか〝ホテルのラウンジ〟のバリスタのお姉さんが冬休みを取っており、朝行くと、「お久しぶりです。いや、一週間お休みしてたんですよ」と聞いた。あれれ、そうだったっけ……？「旅行もできないしで、おうちで本を読んでました。『モモ』っていうの」「ミヒャエル・エンデの？」「そう！　子供のころ一度読んだんです。読み返したら、なぜか涙が出て」と聞き、自分も読みたくてたまらなくなり、温かいコーヒーを飲みながら、スマホで『モモ　時間どろぼうと　ぬすまれた時間を人間にとりかえしてくれた女の子のふしぎな物語』を注文した。

　でも、そのコーヒーがまだ温かいうちに、いつのまにか、わたしはもう別の日にきていた。わたしは人形町に買い出しに出ている。友達とよくきたほうじ茶専門店の喫茶室に入り、一休みし始めたところだ。名物のほうじ茶パフェを頼んで、わくわく待ったが、食べ始めてすぐ「あっ……これは、人と食べたほうがおいしいタイプの食べ物だった」と気づき、肩を落とした。そして、またしばらく寂しいんだな……としみじみ思った。

　それから、そうだ、焼肉の忘年会をどうするか、そろそろ友人たちと相談しなきゃ、と思いだしたりした。まぁ中止だよなぁ。それか、いっそZoomでするとか……と考えながら、パフェの底のあんこをすくい、食べているうちに……。

　いつのまにか、自分の家の寒い玄関に立っていて、ドアを開けようとしているところだ。開けると、外にヤマト運輸の配達員さんがいて、「こんちは！　冷凍のお届けもの、でーす！」と、右手に箱を持ち、右に首を傾げ、左足のかかとをつけてつま先を空に向けるという陽気なポーズでニコニコ笑っている。

　瞬きするまに、また別の日になっている。大きな有名なお寺の前で、べつの配達員さんとすれ違っているところだ。「あ、こんちは」「あーっ、お荷物あるから、あとでいきますよーっ！」と、このお兄さんも元気いっぱいだ。いまは、この時空は、おそらく十二月最初の週のどこかのはずだ。〝ヤマト運輸の冬のボーナスが昨年比五・八％増の平均約七十万円になった〟というニュースをわたしは読んだばかりで、「それでみんなご機嫌なのかなー」と内心思っている。そして、「やはり負担とリスクの大きい仕事には金銭的補償が不可欠だ。そうだ、医療現場に補償を！」と改めて考えている。

でも、お寺の前を通り過ぎる前に、わたしはもう別の日に着いている。

夕方、電車に乗って美容院にやってきたところだ。美容院のある雑居ビルのエレベーターのドア上に、十七インチのテレビぐらいのでっかいモニターが取り付けられているのをみつけ、エレベーター内の防犯カメラの映像が映っているのを、ぼけっと見上げている。

帰り際、「カメラ、つけたんですね」と美容師さんに聞くと、「そう……防犯上問題があるとわかって、今週つけたの」と言葉少なに言われる。何か怖いことがあったのか……と気になる。「それにしても大きいですね」「だよね？　サイズを間違えたんだって」と聞き、つい二人でふふっと笑ってしまう。

と、笑っているうちに、いつのまにか、わたしは半蔵門の国立劇場小劇場の右前方の座席に座っている。

文楽の若手公演を見にきたのだが、今日は三味線奏者が病欠で、ベテランの代役が座っている。みずみずしく美しい〝神回〟だったので、わたしは感動し、手のひらの痛みのギリギリまで力を込めて熱心に拍手している。でもその拍手の手がまだ体の前で動いているうちに、次の瞬間、もう翌日の夕方になっていて、わたしは自分の部屋にいる。キッチンで青菜の下茹でをしている途中、よく一緒に観劇する友人から「大変！」とLINEを受け取ったところだ。

昨日病欠した若手三味線奏者が、検査の結果、コロナ陽性だったとわかり、今夜は休演になる、というニュースを伝えられる。驚き、「昨日は神回だったんだよ！　演者の人たち、もしかして『今夜で最後かもしれない』と思いながら板の上におられたのかな。とにかくすごくよかったんだよ」と言うと、友人が「そうなんだ……。それってまさに〝美は乱調にあり〟だね」と答える。

その間にも、国内の感染者数はぐんぐん増えていく。

毎日、東京都の感染者数をスマホでチェックするのが、すっかり日課だ。

四百人台……

五百人台……

六百人台！

ニュースを呆然と見る。……って、首相、なーにーがー「こんにちは、ガースーです」だっ！　ふざけんなっ！　……九州在住の友人と電話で「東京もうやばいね。怖くないの」「いや、もちろん怖いよ！」「今年中に七百人台に行くんじゃない？」「じつはわたし、大晦日までに八百人を超える気がしてるんだよ……」と話していた次の日の夕方、スマホでチェックすると、なんと、もう八百人台にのっている。……感染拡大のスピード増加に感覚がついていかない。なんか全身がフワフワする。いまが何日で、いま何がどうなってるか、もうよくわからないのだ。

さいきん、近所で、やたら救急車のピーポーピーポー……というサイレンが聴こえてくる気がする。初夏のころもそう思ったな。これって気のせいかな。気にしているから記憶に音がとどまりやすいだけ？

急変したコロナ患者かな。それとも他の病気の人かな……？　みんなちゃんと治療を受けられているだろうか。

今、何日だっけ？

今日は何人まで増えたんだっけ？

いったい政府は何してるの！

どんどん、わたしたちの時間が消え、まるで、あの灰色の男たちに時間を盗まれてるみたいじゃないか。……え、あの灰色の男たちって何だっけ？　あ、誰か、男の人の声がするぞ。何……？　「ほんと、今年はコロナの思い出だけだったな」だって？

そうだなぁ、とわたしもしみじみ思う。春も、夏も、秋も、どっかに飛んでってしまったよなぁ……。

いつのまにか、おじいちゃんマスターの喫茶店の窓際のテーブル席にいる。常連の誰かのお土産の歌舞伎揚をもらい、ばりばりと音を立てて食べながら、カウンターのお客さんたちの会話を、聞くともなく聞いている。

　ふとまた別の日に飛んでいる。同じ窓際のテーブル席にいるけれど、壁に飾られた手拭いの柄が、藍色の雪うさぎに変わっている。近所のおばあさんとマスターの娘さんの会話がカウンターから聞こえてくる。

「知ってる？　豊洲市場で今週一人出たのよ……。で、同じブロックを調べたら、なんと六十人も感染してたって」

「聞いた、聞いた。豊洲全体を調べてるから、もっと増えるだろうってさ」

　豊洲市場の感染者数は百四十人だ！　って、これはそのつぎの日のこと。わたしは自宅にいて、スマホでそのニュースを読み、「豊洲？　これ、昨日喫茶店で聞いたやつだ」と驚いている。

　あーあーあー！

　い、いまはいつだっけ？　感染者は何人だっけ？　わたしももう感染してるの？　そう、わたしも無症状患者かも。誰かにうつされたかも。誰かにうつしてしまったかも。そうかも。だから、ほんとはどこにも行っちゃいけないし、人に会っちゃいけない。

　いつのまにか、大通りの交差点に向かって、わたしは歩道を足早に歩いている。冬がぐっと濃くなり、知らないうちに、もうものすごく寒い。

交差点から「きぃえぃえぃえー！」という、男性のキィキィとした異様な叫び声が響き渡った。まずい、誰か刺されるかも、と思うのに、気もそぞろで、そのまま歩道を歩いていってしまう。と、向こうからやってきた、ごく普通の四十歳ぐらいの男性が、わたしの顔を見て、「ぶすーっ！」と同じキィキィ声で叫んだ。えーっ、この人なの？　ちゃんとした人に見えるのに……。

　一時間ぐらい経ち、犬の散歩で、さっきの交差点の裏通りを通ると、準備中の札のかかった海鮮丼屋のガラス張りの店内にその男性がいて、床にしゃがみこんでいて、ぜんぜん動かない。って、この店の人だったのか……？

　立ち止まり、見回すと、町中に、テナント募集やビル解体の札がさらに増えており、あの店もこの店ももう存在しない。六月、頭にラップを巻いた高齢男性が店の前に止めた車の助手席にいた、あの美容院も。歩道まで人が溢れていた人気の立ち飲み屋も。大通りの大きなガソリンスタンドまで、閉店し、廃墟みたいになって、しーんと冷えている。

　町を歩き、テナント募集の張り紙をみつけるたび、ふと立ち止まるが、ここになんの店があったのかもう思いだせない。灰色になって向こう側に消えていったように。でも……とわたしは歩きながら考える。あの海鮮丼屋だけは、もし今後なくなっても、わたしはいつまでも覚えているのだろうと。きぃえぃえぃえー！　きぃえぃえぃえー！　ぶすーっ！　きぃえぃえぃえー！　というあの声と一緒に。

ある夜。
わたしはうちで、部屋の隅に座り、ネット書店から届いた『モモ』を読み始めている。
そう、こんなお話だったな、と思いながら。
灰色の男たちが、ある日、町にやってきて、みんなの時間を盗み始めるのだ……。

## 十二月☆α＊¥日（＃）

夜も更けた時間。部屋で一人『モモ』を読んでいる。

だいぶ読み進めたはずなのに、気づいたらまた別の日に飛んでいて、まだ最初の章を読み始めたばかりの時に戻っている。なかなか後半を読んでいる時空にたどり着けない。時間をごっそり盗まれたり、乱暴に叩きつけるようにまた少し返されたりと、時間どろぼうに翻弄され、もみくちゃにされてるみたいだ。えっと、いまは十二月何日だっけ？　東京は今日は何人？「……先週、行ってみたんですよ」と、いつのまにか目の前にバリスタのお姉さんがいて、笑顔でこちらを見ている。〝ホテルのラウンジ〟のレモンイエローの丸テーブル席にわたしはいて、珍しくミルクたっぷりのカプチーノを飲んでいる。「ほら、おじいちゃんマスターの喫茶店ですよ。先週、そのお店の話を聞き、帰りに寄ってみたんです」「あ、あぁ……」「入ったら、メニューがなくて。見回すと、壁に『ブレンド、アイスコーヒー、コーヒーフロート』と張り紙が……」「あぁ、そう！　いまそうなってるんですよ。わかり辛かったですよねぇ」「というか、値段が書いてないから、時価かと思ってちょっとビビりました」と話している。
〝ホテルのラウンジ〟と、おじいちゃんマスターの喫茶店は、ごく近所だけど、自分の中ではべつの世界線のような感覚があり、それがお姉さんの越境によって境界線がにじんでじわじわ混ざったような、不思議な感覚になる。

　それにしても、町行く人の顔が、みんな下半分白い。

　いつからか「ウレタンマスクは飛沫を多く通すので不織布マスクでなくてはならない」とSNSで広まり、今月から、不織布マスク率がぐんと上がったのだ。春にはあんなにみつからなかった不織布マスクも、今や入手容易であり、先月ぐらいからは、みんなのところにシャープから「マスクが当選しました」というメールも届きだしている。いやぁ、あんなに低確率だったのになぁ……。いまとなっては、五十枚二箱五千円という値段は割高に感じるが、ライターの友人が「わたし、『あのころありがとうシャープ』という気持ちで買ったよ」というので、なるほどと思い、わたしも購入手続きをした。

　顔の下半分が白い人たちが、大通りを忙しげに行き来する。その中に、海外からの渡航客も少し混じっている。スーツケースを引っ張って駅から出てきて、うろうろとホテルを探し始める。二月まで町に溢れていたインバウンド系のお客さんの幻みたいに見え、わたしはつい振り返り、じっと目で追ってしまう。

　政府は九月から、中国や韓国など、感染リスクの低い世界十一カ国からのビジネス渡航を許可している。だからきっとその渡航客なのだろう。……ふと気づくと、わたしは〝いつものカフェ〟の二階の隅の席で仕事している。隣のテーブルに、ベトナム人の若い女性二人と、現地、つまり東京のガイドらしき男女がいて、「そろそろチェックイン時間です」「観光用にレンタカーを借りましたよ」と話している。……観光？　二人は楽しそうに笑いあっていて、ビジネス渡航じゃないようにも見えている……。

　また別の日にふわっと飛ぶと、近所のドミトリーから、中国語を話すおしゃれなグループが出てきて、笑いながらそぞろ歩きだすのを、わたしは振り返ってみつめている。それから、おじいちゃんマスターの喫茶店に入る。と、窓際のテーブル席に、韓国語のビジネス会話を大声で交わす見慣れないスーツ姿の男女二人組がいる。

　〝ホテルのラウンジ〟では、週末は国内旅行客も多くて、朝は、チェックアウトのカウンターに列ができ、朝食をとる宿泊客でラウンジが混雑している。

　みんな、今まさに第三波が到来している東京が、怖くないのかな。（頼む、この町で感染して故郷に帰らないで……）と祈るような気持ちになる。

　ＰＣＲ検査も、様相が変わりつつある。自腹で受けると、病院で三、四万円もかかっていたが、今月、東京駅前や新橋などに、民間の格安検査サービスがオープン！　一番安いところは一回千九百八十円で、追加料金を払うと当日結果もわかるらしい。

これについては「本来は国が検査拡大すべきなのに」と批判する声も多くある。

埼玉県では、河川敷で七十代男性がリードなしで小型犬を散歩させていたところ、四十代男性がジョギングしてきて、犬を蹴り殺し、逮捕された。

世界では、十二月四日に犠牲者の総数が百五十万人を超え、九日後の十三日には、さらに十万人増え、百六十万人となった。アメリカ、ブラジル、インド、メキシコの順に多い。

アメリカでは、感謝祭の休暇で、十一月二十日から約五百万人が飛行機で大移動。これが原因となってか、第三波が到来。連日過去最多の感染者数を出しているところだ。

また、トランプ大統領夫妻に続き、元ニューヨーク市長で大統領の顧問弁護士のジュリアーニ氏（七十六歳）も感染した。息子で大統領特別顧問のアンドリューも先月感染している。

フランスでは、サミット（先進国首脳会議）の生みの親であるジスカールデスタン元大統領（九十四歳）が、コロナで亡くなった。

同国のマクロン大統領も感染した。感染判明前夜に十二人で会食したことで批判されている。政府は夜間外出禁止、七人以上の会食自粛を国民に呼びかけていたのだ。しかも大統領は「鼻をかんで咳をしていた」との証言もあり……。

アフリカでは、エスワティニの首相（五十二歳）が亡くなった。

韓国の映画監督キム・ギドク氏（五十九歳）が、東欧ラトビアでコロナで亡くなった。撮影中の性犯罪を複数の女優から告発されていたが、この死によって謝罪と贖罪の機会は永遠に失われた。

アメリカのニューヨーク州のクオモ知事が〝国際エミー賞〟を受賞した。春から六月中旬まで、毎日コロナ対策について会見し、広く視聴された功績からだ。

と、こうして、世界中で、冬にかけて第三波の到来、感染拡大が叫ばれる中、ワクチンに関わるニュースも日々すごい勢いで更新され始めている。

アメリカのファイザー社とドイツのビオンテック社が共同開発したワクチンを、今月二日にイギリスが、続いてバーレーン、カナダが緊急認可。イギリスでは八日からさっそく接種を開始した。第一号と第二号は、九十歳の女性と八十一歳の男性で、ともに国民医療サービス職員だった方だ。

続いて十一日、アメリカもこのワクチンを緊急承認。十四日から接種を開始した。

この日、アメリカの犠牲者数が三十万人を超えた。これは第二次世界大戦の犠牲者を超える人数だ……。

アメリカでは、ペンス副大統領夫妻などが、ワクチンの安全性を啓蒙するため、カメラの前で公開接種をしてみせた。

イギリスでも、俳優イアン・マッケラン氏（八十一歳）がインスタでワクチン接種を報告。「自分のためだけでなく、近しい人、社会全体のためになるから」と。映画「ロード・オブ・ザ・リング」シリーズで共演したドミニク・モナハン氏が「さすが魔法使いはいつも賢い」とコメントを送った。イアン・マッケラン氏は、同映画の魔法使いガンダルフ役で世界的に有名なのだ。

一方中国では、まだ臨床試験中の国内産ワクチンを、これまでも海外に行く人などに打っていたが、「範囲を広げて医療関係者などに広く接種させる」と発表した。

ロシアでも、国内で開発した〝スプートニクV〟の大規模接種が五日から始まった。強引に緊急承認した今夏から、国内の政府高官やマスコミ人が「まるでプーチン大統領への忠誠の証のように先を争って打っていた」ともいうが……しかし大統領自身は年齢を理由に打っていないという話もある。

そのころ、インドネシアやマレーシアでは、イスラム教徒の間で「ワクチンはハラルの戒律にそった成分か？」という議論が起こっている。

カトリック界では、一部のワクチンが製造過程で中絶胎児の組織を使用していることが大きな問題となっていた。だがバチカンは二十一日、「良識的に考え、最も弱く感染の危険にさらされている人を守るため、道徳上容認できるとする」との見解を発表した。

そのころ、ブラジルのボルソナロ大統領は、「ファイザーは『副作用が出ても責任を負わない』と契約書に書いている。ワニになっても女のような男になっても関係ないってことだ」と、問題ある表現でワクチンへの懐疑的な姿勢を示してみせた。

開発するビオンテック社は、「ワクチンの効果は来年の夏に劇的に現れ、冬には終息するだろう」との見通しを発表。

と、第三波の感染拡大、ワクチン接種についてのニュースが同時に流れてきて、いろんなことがつぎつぎ起こり、まるで濁流に押されてどんどん川下に流されていくような気持ちだ。ワクチンによって来年は沈静化するのか？　ほんとに？　……一方イギリスでは、ウイルスが変異したものがみつかっている。しかも「感染力の高い変異株ウイルスが二週間で急拡大した」ため、クリスマスを前に、ロンドンとイングランド南東部がロックダウンになったり、近隣各国が出入国を緊急的に規制したために、国境の町で配送トラックの大渋滞が起こったりし始めている。

そのころスウェーデンでは、グスタフ国王が、王室の一年を振り返る年末の恒例テレビ番組で、「我が国は多くの死者を出してしまった。亡くなった家族に別れを告げることができなかった人たちのことを思う」と、政府批判と受け取れる発言をした。

同国では、マスクの着用を求めず、飲食店も社会的距離を取りつつ営業するなど、緩やかな政策を取り続けてきた。結果、犠牲者は約七千九百人と、北欧で突出して多い。王室でも、カール・フィリップ王子や、第三子妊娠中のソフィア妃が感染している。

この発言を受け、翌日、首相が方針転換を発表した。「混雑する交通機関ではマスクを着用する」「飲食店のテーブルは席を四人までに、アルコール販売は二十時までとする」と。

しかし「厳しいロックダウンには国民の心が耐えられず、長い目で見れば効果がないという考えに変わりはない」と改めて訴えた。

　わたしは、いま第三波が押し寄せている東京にいて、混乱していて、このニュースに（スウェーデンは失敗したということ？　でも、それじゃ日本はどうなの？）と考えているところだ。わたしたちの住む国も、厳しいロックダウンはしないし、そのうえGoToキャンペーンもある。ねぇ、もしかしてわたしたちは、東京は、日本は、いま〝現在進行形の大失敗〟をしているところなんじゃない……？

　イギリスの医療調査会社によると、ワクチンが行き渡って元の生活に戻れそうな時期は、国によって違うという。アメリカが来年四月、イギリスは七月、ＥＵは九月の予想だと。日本は、ワクチン接種のレースにも出遅れており、再来年四月。って、一年四ヶ月後じゃないか……。中国も、人口が多いぶん遅れを取り、再来年十月になるだろうと。

　もしや、この時期によって、世界政治のパワーバランスも変わるのだろうか？

　どこからか、年配の男性の声が聞こえてくる。「そう、三月以降は……」と。マイクを通した声だが、水分を含んだようにとても豊かだ。「舞台がなくてですね……」。いつのまにか、わたしは千駄ヶ谷の国立能楽堂にいる。座席に座り、神妙な顔をして舞台を見ている。……そうか、お能のチケットを取ったんだ。人間国宝の先生の舞台で、トークコーナーもある。先生のお話にじっと耳を傾ける……。

「三月以降は舞台がなくてですね、『能楽師を殺すにゃ刃物はいらぬ』と思いましたね。『舞えないんならもう生きていたって仕方ない』と泣き、なんとか今日の企画を立ててもらったんです。今年は辛かった。……辛かった！　芸のことばかり考えて生きてきた人間のはずが、舞いたいのかどうかさえ次第にわからなくなっていった……」

能楽堂は水を打ったように静まり返り、みんな唖然として先生のお姿を見上げている。こんな立派な先生がまさかそこまで追い詰められていたなんて……。今年、突然いなくなってしまった若い俳優さんたちの顔と名前を連想し、凍えるような思いになる。

気づくと、自分の部屋にまたいて、夜更けで、つめたい床に座りこんで『モモ』を読んでいる。

まだ序盤のページだ。灰色の男たちが現れる前の、町の人たちの幸せなシーンが続いている。あぁ、もう。わたしがこの本を読み終わる時空は、いつなんだぁっ。

## 十二月二十五日（金）

いつのまにか、今年がもう終わりかけている。

先月の半ばから、ほんとに、灰色の男たちに時間を盗まれたように、気づかぬうちに時間が経ってたようにも思えるし、同時に、どんどん第三波がきて驚くような感染者数になっていったこの一ヶ月半の内側に、とても長い時間、みんなで閉じこめられてたような気もする。小さくなってスノードームの中にいるみたいに。

　そして、年越しも迫る先週末。「東京都の人出は前週より三割も多い」「週末の外食客も前年の八割まで戻った」としきりに報道されていた。みんながクリスマスのイルミネーションを見たり、年末の忘年会をしたりしたためだろうと。

　週が明けて二十一日（月）になると、東京二十三区の東端にあるこの下町は、急に、奇妙に穏やかな空気に包まれ始めた。先週までの、皮膚に突き刺さるようなヒリヒリした空気は消え、朝から、妙にのんびり、ゆったりしている。

　この日のお昼過ぎ。裏通りで知人と行き合い、「人が減ったよねー」と言われ、「ほんとにー」とうなずく。

　この町に働きにくる人は、先週で仕事仕舞いで、週末に忘年会をし、今週はもうこないのかも。だから、昔からの住民たちと、わたしのような新規マンション族が、ときどきのんびり歩いているだけで、歩道がガラガラなのかな。……と、立ち話するわたしたちの傍に、餃子屋さんのテイクアウト用の外テーブルがあり、売れ残った餃子弁当、唐揚げ弁当、餃子唐揚げ弁当が山と積んである。「五百円→三百円」という手書きの張り紙が、北風にカサカサと揺れている。仕事しにくる人が急に減り、ランチのお弁当もたくさん売れ残ったのだろうか。話しながら、試しに買ってみようかなと考えたが、どれもキンッキンに冷えきっていて、今一歩、興味が食欲に結びつかなかった。

この日の夕方。東京都病院協会が、「医療崩壊直前」との緊急メッセージをサイトに掲載した。曰く、「今後は適切な治療を受けられない患者が出てくる」「医療従事者は疲弊しきっている。十ヶ月以上私生活を強く規制し、これは私権の制限に相当する。GoToキャンペーンも利用できない」「解決するためには感染者を激減させるほかなく、ロックダウンに相当する強力な対応が不可欠だ」と。

わたしはこのニュースを、スマホで、今年最後の打ち合わせに出かける地下鉄の中で読んだ。車両がガタガタ、ガタガタ、やけに揺れて感じられた。「これは、緊急事態宣言がくるかも。そしてまたあの日々が始まり、こうして対面の打ち合わせに出かけるのも今日で最後かも……」と、ぐっと噛み締めた。

この夜は、東京創元社の編集者、K島氏、薙刀F嬢と三人で、来年リニューアルする「ミステリーズ！」誌で何か始めましょうという打ち合わせをした。

そして、翌二十二日。東京都医師会が「この三週間が勝負」「仕事が終わったらまっすぐ家に帰って」と緊急会見した。

日本看護協会も「看護師の負担が大きい。患者が暴力的な言動をしたりと、形を変えてひどくなっている」と会見で訴えた。

二十三日、日本医師会が、分科会に対し、「医療の危機感を共有し、政府に対して具体的でスピーディーな政策を提言しよう。あなた方が政府の最後の拠り所なのだから」と共闘を訴えた。

この週、岡山県、山形県、京都府などが、相次ぎ、医療緊急事態宣言の発出や、自治体と地元医師会との共同会見などを行い、医療危機を強く訴えた。

二十五日。羽田空港と関西国際空港に十八日以降に到着したイギリス渡航歴のある五名が、変異株に感染していたとわかった。うち四名は無症状だ。

変異株の感染者は、世界各国で続々とみつかりつつある……。

この週の、ある夜のこと。

わたしは、医師の知人と、久しぶりに電話で話した。ワクチンの話題になり、知人は「日本はかなり遅れてる。ワクチンを打つ人のカテゴリーも人数もちゃんと決めてないし。人を分け、通知し、どこかに集め、接種させる、膨大な作業の準備もぜんぜんできてないんだよ」「そっか……」「ファイザーとビオンテックのワクチンなんて、マイナス七十度を保たなきゃいけないのに、海外輸送、国内での冷凍施設での保管なども曖昧なの。来年のオリンピックまでに国民がみんな接種するなんて不可能だと思う」と言う。

「この先は、感染者が増えたり、少し減ったりが、長い間だらだら繰り返されるんじゃないかな。将来的には、スペイン風邪みたいにウイルスが弱くなり、インフルエンザの一つになっていくかもしれない。もしくは……」「な、なに？」「ウイルスが突然弱体化する可能性もある。でもその場合、ワクチン開発に膨大な投資をした複数の大手製薬会社が倒産し、恐慌状態になるかも」と、知人は低い声で話し続ける。

　知人はいつになく疲れていて、「今日も東京は六百人を超えてるのにね。みんな、のんきだよ。……のんき。のんきだ。ほんと、のんきだよっ」と、のんきと十回ぐらい言った。

　電話を切った後、スマホで「医療が逼迫しているが、町から人はなかなか減らず、政府も経済を優先している。医療従事者は温度差を感じ、非常に憤っている」というニュースを読んだ。知人の疲れた声を思いだし、うーむ、と腕を組む。

　自分を含め、一般の人は、いまの状態を一体どう思ってるのだろうか？

　わたしは、今年の春ごろとちがって、もう、自分たちは未知の危機のただ中にいるわけじゃなく、「知っている危機がまたきた」と感じているような気がする。

　もちろん、感染予防をして暮らし、防犯も気をつけているつもりだけど、でも、どこかで気が緩んでいる。前回みたいにまた切り抜けられるような気がしてるのかもしれない。論理的根拠は、じつはないのだが。

　医療関係者からしたら、そんな我々が、まるでモンスターの集団みたいに見えてるのかもしれない……？

　感染者数が増えると、芸能界での感染のニュースもまた増え始める。海原はるかさん、かなたさん（七十二、七十三歳）、アイドルグループのNEWSの小山さんと加藤さん、SnowMan

の宮舘涼太さん、俳優の松平健さん、風間俊介さん、氣志團の綾小路翔さんなどメンバー三名……。

世界全体では、犠牲者が百七十万人を超えた。

感染者のいない最後の大陸だった南極大陸でも、三十六名の感染が確認されたところだ。

台湾では、四月十二日以来初めて、一名の感染がわかった。

ワクチンについては、ＥＵもファイザーとビオンテックのワクチンを認可した。

アメリカでは、二十一日、次期大統領バイデン氏もワクチンの公開接種を行った。同日、製薬会社モデルナのワクチンも接種が開始された。

中南米でも、モデルナのワクチン接種が始まった。

イギリスの変異株ウイルスに続き、南アフリカでも新しい変異株がみつかった。どちらも刻々と世界に広がっているところだ。

さぁ、ワクチンの効果が先か、変異株の拡散が先か？

いったい、どうなるのか？

二十五日の夕方のこと。

わたしは、今年最後のおじいちゃんマスターの喫茶店に行った。マスターと近所のご隠居さんの「今週は一日二十人ぐらいしか客がこねぇ」「いや、こんなに誰も歩いてないのに二十人もくるのはすげぇよ」という会話を聞きながら、のんびり、いつものコーヒーを味わった。

帰り際、お年賀の牛柄のチョコレートをいただいた。「じゃ、風邪ひかないようにな！」とマスターに送りだされ、店を出て、数歩歩いてから、あっ、今のは「コロナに気をつけて」を風邪と言い換えたのだと気づいた。他者の知性を祝福のように受けとったときのきらめきに包まれ、わたしはいっとき、とても幸福な気持ちになった。

## 十二月三十日（水）

週末の朝早く。

コンビニに宅配便を出しに行った。

と、レジの女性が、重そうだと思ったらしく、ぐっと力を込めてわたしから箱を受け取った。でも軽かったので、箱がボォォーンと跳ねあがり、両手で箱を捧げもつようなポーズになった。「……って、いや！　いやいや、重いかと思って！」「ははは！」と笑いあった。

その後、〝いつものカフェ〟に一服しに行った。スタッフのお姉さんが、かわいいイラスト付きのスウェットを着ていた。「かわいい！」「これ、角のワインバルの向かいにある雑貨屋のイベントで買ったんですよー」と笑顔で話した。

年の瀬になり、下町の空気は、どんどん柔らかくなる一方だ。

大変だった二〇二〇年が、ようやく終わり、みんな心からホッとしているように見える。もちろん、まだまだ大変な日々は続くだろうが……。自分も不思議と穏やかな気分で町を歩いている。

そして週が明け、二十八日（月）と二十九日（火）。〝ホテルのラウンジ〟に行くと、シックなモノトーンのスウェットとシェフパンツに身を包んだテレワーク客がたくさんいた。オフィスがもう閉まり、それぞれの仕事納めをしているのかなぁ。

ニュースによると、二十八日の新幹線の乗車率は三十%。故郷に帰省する人は、今年は少ないらしい。

「Twitter のトレンドには〝電車ガラガラ〟が上がっており、「おぉ、そんなにガラガラなのか……」と思った。

三十日。〝ホテルのラウンジ〟から、たくさんいたテレワーク客が急にかき消えた。一人でやってきて、名物のレモンとオレンジのパウンドケーキを食べ、ゆったり本を読んで過ごす女性が、ぽつぽつと三人。これも近所に住んでる人たちかな。

二十九日の夕方のこと。〝ホテルのラウンジ〟からの帰り道。

お寺の前を通りかかると、年忘れの獅子舞、傘回し、落語、クイズ大会をやっていた。そういや毎年、年末にイベントをやっていたな……。昔からの住民だけでなく、今年はマンション族も、帰省や旅行をせず部屋にいたようで、ピーヒャラピーヒャラというお囃子の音に誘われて、あっちからこっちから、部屋着の上にダウンジャケットを羽織ったような姿でわらわら集まってきた。

わたしもそうして集まったうちの一人だったが、すごく楽しくなり、つい、ずっといた。クイズ大会で正解し、噺家さんの手拭いをいただいたりした。

すっかり空が暗くなる。

最後にお焚き上げがあり、みんなで紙に願い事を書いて、燃やした。

わたしは、

「みんな健康で
心穏やかに暮らせますように
お店がつぶれないように
何事も変わりなく続くよう
なにとぞお願いします」

と、書いた。

変わり続けること、走り続けることが、生きることだと、長い間信じてきたけれど、世界がこうなってしまうと、いや、変わらずみんな元気で、なにごともなく日常が続くことこそ、生きることなのだと、この日は、強くそう思えた。

この下町では、毎年、びっくりするほど盛んに、大小さまざまなお祭りをやっていた。お祭り翌日の月曜の昼下がり、町内会の人が集まって何かしているので、「みなさん何してるんですか」と聞いたら、「何っておめえ！　祭りの準備だよ！」とあきれたように言われ、驚いたこともあった。なんでそんなにお祭りばかりするのだろうと思ったりもしたのだが、この日、久しぶりのお囃子を聞いていると、なんだか厄がぱーっと祓われていくような縁起のよい気分になった。わたしもいつのまにか、お祭り好きな東東京の人間になったのだろうか。

ぱちぱちぱちっと火が爆ぜ、わたしの願い事の紙も、橙色に光って、消えていく。

お願いしますよ……。

下町の神様！

何事も、どうか変わりなく、いつまでも続きますように……。神様！

国内では、相変わらず、政治家の五人以上の会食、資金集めパーティー、忘年会などの開催が報道されている。

竹本前ＩＴ相、海上自衛隊トップ二人を含む幹部八人などが感染し、それぞれ、パーティーの主催、会食などをしていたことも報道され、「国民にだけ我慢を強《し》いるのはおかしい」と批判の声が上がっている。

そんな中、二十七日。立憲民主党の羽田雄一郎参院幹事長（五十三歳）が急死。のちコロナに感染していたと判明した。

羽田氏は二十四日、三十八度台の発熱があった。でも翌二十五日に熱が下がった。二十六日は妻の誕生日でお祝いをした。二十七日の朝、急に体調悪化。午後、検査のため車で病院に向かう途中、秘書に「肺炎かな？」と言った後、会話が途切れ、意識を失い、救急車が呼ばれたが、亡くなったという。糖尿病、高血圧、高脂血症などの持病があった。

ご本人も、まさかご自分が年を越せないとは夢にも思われなかっただろう……。このニュースにはいま日本中が騒然となっている。

広島県では、基礎疾患のある六十代男性が、入院できず自宅待機になり、その日の深夜、自宅で亡くなっていた。

アメリカでも、オーランド発ロサンゼルス行きの国内便で、男性の乗客がとつぜん倒れ、亡くなったのちにコロナ感染がわかったというニュースがあった。

高齢者に限らず、こんなに急に悪化して、亡くなることがあるのだと……。

世界では、感染者総数が八千万人を超えた。第二波が猛威を振るい、約二週間で一千万人も増えたのだ。

犠牲者は、百八十万人を超えた。

ロシアでは、国内の犠牲者が、これまでの発表の三倍に当たる十八万六千人だとわかった。アメリカ、ブラジルに次ぎ、世界三番目に多い国となった。感染者総数も三百万人以上だという。

アメリカでは、感染者が六日で百万人増え、千九百万人に。犠牲者は三十三万七千人。人口は三億三千万人超なので、すでに十七人に一人が感染し、千人に一人が亡くなったことになる。

アメリカ国内で一回ワクチンを打った人は、二百六十万人となった。

イギリスでは、二十九日、一人二回必要なワクチン接種の二回目が始まった。

この日、イギリスの一日の感染者数が五万三千人と過去最多になり、犠牲者は七万人を超えた。

翌三十日、イギリスは、ファイザーとビオンテック、モデルナに続き、国内メーカーのアストラゼネカのワクチンも承認した。年が明けたら接種を始めるという。

さて、三十日のお昼ごろ。

朝からしとしと冷たい雨が降っている。天気予報によると、全国的に寒波が到来し、大雪予想もあるらしい。飛行機の欠便、新幹線の運休のニュースもつぎつぎ流れてくる。

しんと静かな、凍える冬の下町に一人いて、わたしは「あっ、この年末年始はテレビが必要だぞ」と急に思い立った。約三年前、付けっ放しのテレビからふいに耳に飛びこむ、イジリや、人の尊厳を地に落として嗤う言葉が辛くなってきて、テレビをクローゼットの奥にしまい、やがて友達にあげたのだ。

わたしは、電車を避けて秋葉原まで延々と歩いていき、ヨドバシカメラで、iPad ぐらいのミニサイズのテレビを買い、また歩いて持って帰ってきた。

　帰り道。フラワースタンド屋さんの前を通る。実寸大のメイド服の形に白とピンクの花びらをたっぷりまぶした夢のように可愛らしいフラワースタンドが完成していた。へぇ、こんなのも作ってもらえるのか、すごい綺麗だなぁ……。

　メッセージボードもついている。なになに、と通りすがりにふと見ると、

「●●りん
　メイドになってくれてありがとう
　ぼくたちは幸せでした」

と書かれていた。

　通り過ぎ、けっこう経ってから、胸に迫り、目頭と鼻に、ツーンときた。推しも尊く、ファンの純粋な真心も尊いのだと思った。

　帰宅して、買ってきたテレビをつけた。とりあえず、ニュースを見てみる。なになに、東京都の感染者数は九四四人か……。

　この夜は、久々のテレビが物珍しくて、気になって、やたらとつけたり消したりを繰りかえしていた。

## 十二月三十一日（木）

激動の二〇二〇年の、大晦日。

日本中に寒波が到来し、日本海側では大雪が降り始めている。

わたしは朝一番で池袋の映画館に出かけた。ナショナル・シアター・ライブという、イギリスやアメリカの舞台を映画館で追体験できるシリーズ企画があり、この日はシェイクスピア原作でトム・ヒドルストン主演の『コリオレイナス』というレアな舞台がかかっており、どうしても観たかったのだ。

駅前の東武デパートは、食品館も含め、ガラガラに見えた。

帰り道、裏通りのコーヒースタンドに寄り、開け放された入口ドア近くの冷えた席で、熱々のコーヒーを急いで飲んだ。飲み終わったら帰らなくちゃ……。ふと、「この街には映画や観劇のときにたまにくるんだよなぁ」と思った。そういえば二月後半、最後に映画や会食などであちこちに出かけたあの週も、この街の国立劇場に観劇にきたのだった。

映画や舞台を観て、ご飯を食べて、おしゃべりして……。そんな一つ一つが、じつはすごく特別なことだったのに、そのときはいつだって普通のことみたいに思っていたんだ、と気づく。

さいきん、小説家の村上春樹氏が、フランスの新聞に「SNS上の言葉が貧しくなっている。批判を受けたら、それに答えず、別の批判を投げ返す。日本の首相でさえそう振る舞っており、恥ずべきことである」と寄稿した。また、日本の雑誌のウェブインタビューにも答え、首相や政権についての批判をした。

　このウェブインタビューについて、高須クリニック院長の高須克弥氏がTwitterで「村上春樹先生は日本人ですか？」などと問いかけた。

　愛知県の大村知事リコールの件で、集まった約四十三万五千票の署名の八割が不正だったと報道されている。

　今月九日のこと。ドイツのメルケル首相が、珍しく拳を振りあげて感情を露わにし、「現在の感染拡大は、我々の努力が不十分だったせいだ」と演説する姿が世界から注目された。

「私は旧東ドイツで生まれ育ち、物理学を専攻した。社会主義国がいかに事実を捻じ曲げようと、重力や光の速度などの法則を変えることはけっしてできないからだ」

「私は科学による啓蒙の力を信じている。啓蒙主義（迷信を信じず、科学的に合理的に考えること）こそが今のヨーロッパ文明の礎なのだ」

などと述べ、感染者数などの数字を直視して合理的対策を取るべきとの考えを、改めて強く示した。

　わたしはこの演説にしみじみと感銘を受けた。パンデミックと闘うために必要なのは、論理に基づく合理的行動の絶え間ない積み重ねなのだと、改めて思った。

　十五日、アメリカ大統領選で、民主党のバイデン氏が選挙人による投票で過半数を正式に獲得した。バイデン次期大統領は「私はすべてのアメリカ人のために働く。私に投票しなかった人、した人の両方のため、同じように働く」「いまは団結と融和の時だ」と力強く演説した。だが、アメリカ国内のさらなる分断の可能性も示唆されている……。

　昼過ぎに、帰宅。犬を散歩に連れだした。

　エレベーターの前で、右隣の部屋のお兄さんと一緒になった。ステイ・ホーム期間中、豚丼、クリームシチュー、クリームシチュー、担々麺を食べていた、例の隣人だ。「こんちは」「どうも」とあいさつし、エレベーターがくるまで、「もう十一歳のおじいちゃんでして」「確かにヒゲが白いなぁ」と、飛沫が飛ばないようそっぽを向きあいながら犬の話をした。

　町を歩くと、寒さの中にも、やわらかでのんびりした空気がやはり感じられる。

　古い中華屋の前に、使いこまれた黒板が置いてあり、毎日ていねいな手書きメッセージが更新されるのだが、今日は「大掃除も終わってませんが、まぁ今年はゆっくりしませんか！　何もしなくても年は明けるから」と書いてあり、「なるほど、何もしなくても年は明ける、か。至言だ……」と納得したりした。

　路地裏の和菓子屋の前に、英国紳士風の帽子と外套姿の高齢男性が立ち、「四時でいいー？　早くないかい、カンちゃん」と呼びかけている。すると、姿は見えないが、店内から「いいよー、今週はもう客なんてちっともこねぇわー」と返事が聞こえてくる。

　なんだか、不思議な開放感があり、歩きながら、眠たいようなとろんとした気分になってくる……。

犬が立ち止まり、電柱の臭いを真剣に嗅ぎ始めた。手持ち無沙汰になり、ふとスマホを見る。

……えーっ？

と、東京は千三百人？

よく見直す。午後二時半の速報だ。って、えっ？　何、ほんと？

急に揺り起こされて夢から覚めきれていないときのような気分になり、ともかく、犬を連れて家に帰った。

何度もスマホを見る。

やがて正確な数字が報道された。東京、一三三七人。って、昨日よりいきなり四百人も多い。国内全体は四五一五人で、いずれも過去最多だ。

首相、官房長官、コロナ相などが官邸に集まり、何事か相談していると報道され始める。

午後四時。原宿の明治神宮が閉門した。

深夜からの初詣の大混雑を避けるためらしい。わたしは、灰色の男たちが押し寄せ、みんなで門を押して、ゴゴゴゴォッと音を立てて閉めていくところを想像した。

全国各地の神社も、分散参拝を呼びかけ。

立憲民主党の枝野代表が、「政府に緊急事態宣言を求める」との動画メッセージをTwitter

に投稿。

夜、菅首相が会見。だが、「緊急事態宣言はしない」と繰りかえしている。

この突然の感染者激増について、年末の帰省前に自主的に検査する人が増えたせいだろうとか、羽田議員の急死のニュースが影響して体調不良の人が病院に行くようになったせいだろう、と分析されている……。

わたしは、床にクッションを置いて、寝転がり、ミニサイズのテレビで〝史上初のリモート無観客の紅白歌合戦〟を、気もそぞろで眺めている。

星野源さんが、今年も、紅でも白でもないピンクの衣装で歌っている。いいな。氷川きよしさんが、白の衣装から、紅へ、そして金へと衣装変えし、宙を自由に飛び回る。すごい！紅組司会者の二階堂ふみさんが、紅色のパンツスーツにショートヘア姿で、しっかり司会進行し、凛としてかっこいい。そうか、これが〝ガールクラッシュ〟か。

寝転んで、『モモ』を読み終わり、『武漢日記』（方方《ファンファン》著）を読み、紅白を眺め、なんだか、夢から覚めた後もじつはまだべつの変な夢の中に閉じこめられてるようななんともいえない気分で、あと数分でとうとう終わる、パンデミックでディストピアな二〇二〇年の端っこにくっついている。

# 九　分断と融和

# 一月七日（木）

元日の朝。外を歩いた。寒い。

年末にお焚き上げやクイズ大会をしたお寺の前を通ると、初詣の参拝客がちらほらいた。何というんだろう、お参りするときに鳴らす、上部の銅鑼みたいなのから垂れ下がる、縄みたいなの、あれがいつのまにか取り外されていた。参拝客がいても、ゴーンと音が鳴らず、ずいぶん静かだ。

そっか、あの縄、みんなが触るから、年が明ける前に取り外したのだな、と思いながら通り過ぎる。

町全体を穏やかな空気が覆い尽くしている。

みんな、二〇二〇年がようやく終わったことに心底ホッとしているのだろうか？

〝ホテルのラウンジ〟は、宿泊施設だから年末年始もずっと開いてるだろうと、行ってみた。宿泊客らしき若い女性グループやカップル客でわいわいと賑わっていた。「もう眠い。帰って寝よう」「楽しかったねぇ」と聞こえてくるので、大晦日のイベントや年越しコンサートの遠征組かもしれない。

熱いコーヒーを一杯飲み、少し仕事をし、帰宅した。買ったばかりのテレビを、物珍しさで、またつけてみた。大晦日に渋谷に遊びにきた若い人たちがインタビューされ、「だって、首相や政治家も大勢で集まってるし、いいかと思って」と答えていた。って、そりゃ、そう言われるよなぁ……。

分散参拝を呼びかけていたはずの全国の神社に、みっちり参拝客が集まっているニュース映像も流れている。

Twitterを開くと、箱根駅伝の沿道に応援客が集まって密になっていると批判されている。日本海側では大雪が降り、新潟などでは二メートルもの積雪だ……。

翌二日。〝いつものカフェ〟がもう開いたので、仕事の合間に顔を出してみた。二階の隅の席で、熱いコーヒーを飲む。午後からは家でゆっくりしようと考えていると、友人からLINEがきた。「緊急事態宣言になりそうだね」と言うので、ニュースをチェックすると、「東京都、神奈川県、埼玉県、千葉県の知事が国に緊急事態宣言を要請」とあった。

ほんとだ。いよいよ、また宣言がきそうだ……。

去年、どうしても行きたかった「ハマスホイ展」に行けなかったことを急に思いだし、夕方、大慌てで渋谷に行き、Bunkamuraのビルに駆けこみ、「ビュフェ展」を観た。それから東急本店の地下でダロワイヨのケーキを二つ買い、すぐ帰り、熱いお茶を淹れて、ゆっくりゆっくり食べた。

三日。午前中に一仕事して、また〝いつものカフェ〟に行ってみた。すると、秋から陶器のコーヒーカップに戻したのに、今日からまた使い捨て紙コップでのサーブになっていた。このお店は状況の変化に合わせての適応が早いなぁ。オーナーさんもおられ、スタッフさんたちとあれこれ相談しているようだった。

帰り道。

あれっ。三が日なのに、近所のビストロも、蕎麦屋も、本屋も、焼肉屋も、居酒屋のランチも、雑貨屋も、もう開いている。歩道を歩く人はほとんどいないし、オフィスも閉まっていて、たまにわたしみたいな住人が通りかかるぐらいなのに……。

少しでも長く開けて売り上げを増やさねばならないということだろうか。お店は開いていて、道には誰も歩いていないという、不安を誘う不思議な光景だった。

そして、四日の朝。

青梗菜《チンゲンサイ》とホタテと台湾ビーフンを炒めたのを、ぼーっと食べていると、友人からまた「宣言くるね」とLINEがきた。あわててスマホでニュースを見る。あっ、ほんとだ……。「首相が一都三県の宣言の調整に入った」という朝九時半に更新されたニュースが流れている。

続いて十時、「首相が十一時から会見する」と流れた。

一方、大阪府知事は「うちは急拡大にはなっていないから宣言を要請しません」と述べている。

十一時。首相が会見し、「飲食での感染が多いので、店の時短要請や会食自粛のお願いの検討に入る」「ワクチン接種は二月下旬から行う」「宣言を出した場合、今月十一日まで一時停止としているGoToキャンペーンの再開は難しくなってしまう」と述べた。

　わたしはこれらのニュースを観ながら、こう考えた。「とはいえ、去年のときほど、あれもこれも自粛にはならないんじゃないかなぁ……」と。たとえば、テレビの撮影、各種イベント、打ち合わせ、美容院、少人数の外食などなど。みんな、対策しながら行動はするのでは、と。

　この国がやってきたのは、国からの強制じゃなく、いわば「社会からの圧力の方向性を国や自治体が指示する」ことじゃないか。つまり、犬笛（人々を一定方向に誘導する手法）に近いのでは。でも、わたしたち自身がもう「〇〇業界は自粛すべきだ」と感じていなかったらどうなる？　あの〝透明な強制力〟はもうなくなるんじゃ……？　と、そんなことを、つらつら考えた。

　この日の夕方。

　いまのうちにと、自転車で近くのシネコンに向かい、ずっと気になっていた映画『鬼滅の刃』を観た。昨年秋から凄まじい大ヒットを記録し、「全国のシネコンはこの作品のおかげで倒産せずに済んだのでは」とまで言われる作品だ。

　劇場は少し混んでいたが、みんな会話もごくごく小声で、静かだった。

夜。帰宅すると、東京都など一都三県が、八日から「飲食店のお酒の提供を十九時まで、営業を二十時まで」時短要請するというニュースが流れている。

都内の十三区市が、成人式の取りやめを発表している。

厚労省が、全国の看護大学に対し、「看護師免許のある院生や教員を医療機関に派遣せよ」と要請。賃金は病院や自治体が負担するという。これを受けてTwitterでは〝学徒動員〟がトレンド入りしている。

五日の早朝。豊洲市場で毎年恒例の初競りが行われた。例年マグロに最高値をつけて話題を振りまく回転寿司チェーン「すしざんまい」の名物社長が、今年は「自粛ムードだから」と高値をつけなかったことが、逆にニュースになっている。

文科省は「大学入学共通テストは予定通り実施する」「学校の一斉休校はしない」と表明。

東京都の感染者総数は、ここ二週間で約一万人も増え、約六万人を超えたところだ。入院患者は三千人以上おり、病床使用率はもう八十六％だ。救急搬送された方が、亡くなってから感染判明することも増えている……。

この日。一仕事終えて〝ホテルのラウンジ〟に行った。バリスタのお姉さんが店内を見回し、小声で「また、落ち着いてきちゃいました……」とつぶやいた。旅行客も、韓国風ファッションでおしゃれしてやってくる女性グループも、めっきり減り、店内はまたしんと静かだった。

六日。

わたしは、去年のうちにチケットを買っていた、お正月のおめでたい能を観に、千駄ヶ谷の国立能楽堂に行った。

中休み、和風の素敵な中庭で水筒に入れてきたほうじ茶を飲みながらスマホを見たら、えっ……？　えっ、東京千五百人？　み、見たことない数字だぞ……と、顔色が変わる。

ほどなく、正確な人数は一五九一人と流れてきた。

夕方、そそくさ帰宅し、テレビをつけたら、ニュース速報で「国内一日で五三〇〇人。五〇〇〇人を超えるのは初めて」と流れてきた。

しばらくのち、さらに数字が増え、六〇〇四人とわかった。

この日の昼ぐらいまでは、緊急事態宣言といっても、飲食店の時短要請と、午後八時以降の外出自粛のみになるのかなとわたしは思っていたのだが、夕方にかけ、ガラッと空気が変わっていくのを感じた。

日本医師会が「今後は全国的な緊急事態宣言が必要になる可能性がある」「国会議員は夜の会食を人数に関係なく控え、国民に規範を見せて。『まず隗《かい》より始めよ（言い出した人から始めなさい）』だ」と強く訴え。

これを受けてか、自民党と立憲民主党が、宣言下での議員のルール作りに乗りだした。が、話しあうほど中身がゆるんでいき、結局「会食は四人まで、時間は二十時までにしよう」となり、「なぜ自分で判断できないのか」「そもそも会食すべきじゃない」と批判の声が噴出した。

八割おじさんこと西浦教授は「飲食の時短だけでなく幅広く人の行き来を止めねばならない」と強く訴えた。

国は、一都三県の緊急事態宣言の時期を「今月八日から来月七日までの一ヶ月」と決めた。全国的に寒波がまたやってくるという。夜にかけ、東京でもぐんぐん気温が下がってくる。

翌七日。

急に空き始めた〝いつものカフェ〟の二階の隅の席で、わたしはスマホの画面を眺めている。近くのシネコンのサイトで『鬼滅の刃』の今日の予約状況を確かめているのだ。と、広い館内で、予約で埋まっている席はなんと二つだけだった。三日前までは混んでいたのに、町から人がまた消えていくのだ。

午後一時半。東京で二四〇〇人以上と速報が流れ、続いて午後三時、二四四〇人という正式な数字も出た。約二週間前のクリスマスの人出が増加の原因だろうと言われている。

全国では七〇八四人。

十八時から首相が会見。「飲食店の時短要請、午後八時以降の外出自粛、テレワークの推奨、コンサートなどの観客制限」などと宣言の内容が発表された。でも、「十一カ国からのビジネス渡航の停止」もあったはずが、首相の強い意向で省かれたらしく、これに対する疑念の声が多く上がっている。

首相は「結果を出し、来月七日には必ず宣言を解除する」と言うが……？

今日の深夜零時から、東京はまた宣言下に入る。寒波もきて、どんどん気温が下がる。どうやら夜中にはマイナスの気温になるらしい……。

## 一月九日（土）

極寒の中、成人の日を含む三連休が始まった。

都知事は「連休もステイ・ホームで！」と呼びかけているが……。

わたしはこの日も、昨年のうちに能のチケットを取っており、そーっと千駄ヶ谷の国立能楽堂に出かけた。

緊急事態宣言中だが、電車は予想より少し混んでいた。

その電車に乗る前、おじいちゃんマスターの喫茶店に寄ろうとした。年が明けてから、また〝コーヒー豆の販売のみ〟の営業になったので、買ってから行こうと思ったのだ。でもマスターがちょうど焙煎機に豆を入れていて手が離せなそうだったので、ガラス窓越しに「あとできますね」とジェスチャーし、出かけ、能を見て、帰ってきて、お店に寄り、ようやく豆を買った。

世間話のついでに、「今日はどこに行ってたの？」と聞かれ、「お正月のお能を観に」と答え、伝統芸能の話をしばらくした。

　さいきん、めっきり人に会わなくなり、出かけるときも一人きりだしで、こうして「今日どこに出かけて何してたか」を誰かに聞かれて話すことが新鮮だった。わたしは、妙にほっとした。

　額縁に、お正月の手拭いが飾られている。干支の牛の柄だ。「十二年に一回使う手拭いなんですねぇ」と言ったら、「いや、これは今年だけの牛なんだ。ここに何か書いてあって、ほら……。十二年後にはもう使えない柄だ」「え、えーっ」「でももう正月も終わったから外さないとなぁ。数日しか使えないってわけだな」と聞いて、内心（江戸の文化っぽい！）と感心したが、知識がたりなくて確信が持てず、口にしなかった。

「風邪引くなよ！」と、また送りだされる。

　さて、宣言初日の八日のこと。全国の一日の感染者が七七〇〇人を超えて、過去最多となった。続く九日には、国内の犠牲者総数が四千人を超えた。

　愛知県に続き、大阪府、京都府、兵庫県も、国に緊急事態宣言を要請している。

　宮崎県は、独自の緊急事態宣言を発表。

　神奈川県で六日、基礎疾患があり入院相当だが、自宅療養となっていた六十代の男性が、自宅で倒れ、亡くなっていた。保健所の対応の不備もあり、知事がお詫びをした。だが八日、神奈川県は、保健所の作業がパンクしていることから、「感染者への感染経路や濃厚接触者の聞き取りをやめる。そもそも経路不明が多く、市中にウイルスが蔓延しており、意味がない」と表明した。

自宅だけでなく、高齢者施設、療養用ホテルなど、病院以外で急変して亡くなる患者が増え続けている。去年一年では全国で一二二人いたが、十二月だけで五十六人と、年末になり激増したと報道されている。中には、出先の路上、お店のトイレで亡くなった方もおられると……。

東京都では、がん専門のがん研有明病院が、昨年末、一病棟四十人の患者さんを全員別病棟に移し、コロナ病棟を準備した。

こういう報道に接するたび、医師の知人が「のんきだ。ほんと、のんきだよっ」と年末に繰りかえした、あの切迫した声が蘇る。ほんとにその通りだったのだ、と。

振り返れば、モニタリング会議の「年始までに東京都の感染者数は一日千人になる」も、分科会の「このままでは緊急事態宣言になる」も、全部当たったのだ。

政府は「入院を拒否した患者は罰金百万円以内、もしくは禁固刑に」「時短要請に応じなかった飲食店は名前を公表する」などの項目を、特措法に新たに盛りこもうとしているらしい……。

明日からの大相撲初場所を前に、相撲協会が九百人のＰＣＲ検査を実施した。横綱白鵬の感染、荒汐部屋のクラスターなどのニュースが相次いだためだ。結果、五人の力士の感染が新たにわかり、濃厚接触者を含む六十五人が休場となった。

　都心のデパートは、三越伊勢丹ホールディングスが十九時、そごう・西武は十九時半閉店など、短縮営業を始めている。コンサートや演劇も、ジャニーズ事務所が二月七日までの公演を中止に、EXILEグループもドームツアーを延期にし、ＡＫＢ劇場は十五日まで閉鎖、吉本劇場は二十時以降に終了予定の公演を中止とするなどの対応をしている。映画館も二十時までの営業になった。

　東京都は、時短要請に応じた飲食店には一日六万円の協力金を支払うことにした。だが映画館などの遊興施設には、要請ではなく〝お願い〟なので、協力金は支払わない予定だという……。

　世界全体では、年が明けてから、犠牲者総数が百八十万人を超えた。

　アメリカでは、元日に感染者総数が二千万人を超えた。一日三十万人ずつが新規感染し続けており、犠牲者は三十五万人以上となった。

　ロサンゼルス郡では病床ゼロが続いており、衛生局がドラマや映画撮影の中断を要請している。また、十一月の選挙で次期下院議員に当選したばかりのルイジアナ州の共和党のレトロー氏（四十一歳）が、議員就任を前にコロナで亡くなった。

　イギリスでも、感染者総数は二五〇万人。一日あたりの感染者は五万人以上で、ロンドンではすでに三十人に一人が感染しているという。

UAE、バーレーン、エジプトなどが、中国製ワクチンを緊急承認。

その中国では、WHOの調査団が武漢に出向き、いよいよウイルス発生源についての調査を開始……のはずだったが、調査員の入国が止められ、事務総長が中国当局に抗議したところだ。

アメリカで七日、ワシントンの国会議事堂で、大統領選の結果認定が行われた。だが、トランプ大統領によるSNSを使っての扇動により、武装した支持者が押し寄せ、暴動になり、五名が亡くなった。

これに対し、オバマ前大統領、イギリス首相、フランス大統領、ドイツ首相などが強く抗議している。

共和党内部からも批判が沸き起こっており、大統領の側近のペンス副大統領も「アメリカの議会史に残る暗黒の日」「暴力は勝利しない。自由が勝つ」と強く非難。大統領副補佐官、副報道官、メラニア夫人の首席補佐官などの側近もつぎつぎ辞任した。

だがトランプ大統領は続けて「今月二十日のバイデン氏の大統領就任式を欠席する」とTweet。支持者は「次のミッションはバイデン氏の就任式の襲撃という意味だ」と解釈し、広く拡散した。この事態を受け、Twitter社は「さらなる暴動を扇動（犬笛）している」と大統領のアカウントを永久停止。Facebookは無期限もしくは二週間の凍結とした。

……わたしは、七日の深夜零時から始まった東京都などの緊急事態宣言より、アメリカのニュースに釘付けで、つぎつぎ流れてくる新しい情報を追い、スマホを見続けていた。〝自分の望むように事実を捻じ曲げる〟やり方を貫き、行き着いた袋小路がここなのか、と……。

それとはまた、別の日のこと。

わたしは左派系媒体のZoom取材を受けた。今月七日に発売された「文藝」掲載のディストピア日記についての質問もあり、「通行人などに絡まれるシーンがありますね。一度ならともかく、そんなことが幾度もあるなんて、現実のこととは思えませんが？」と笑顔で聞かれ、驚いたが、考え、とっさにこう答えた。

「えぇと、そう思われたのは、あなたが他者にそういうことをしない人で、よいお方なんでしょう。でも、なんといいますか、こういった、社会において可視化され辛い問題は、他にもたくさんあり、差別される側や弱者にとっては切実な被害、暴力なのに、ある人たちにとってはそんな現実は全く存在しない。これも、今作のテーマである〝分断〟の一つだとわたしは思うんですが」

通信を切ってから、疲れを感じ、こういうときはエネルギーチャージを急いだほうがよいと、ウーバーイーツを張りこんで、牛すじのラザニアとクラフトコーラと洋梨ケーキを注文した。料理を待ちながら、（さっきのは、被害者の訴えを根拠なく否定する〝二次加害〟だったのでは。それに〝ビリーブ・ウィメン〟の問題もあったよな？　あれっ……？）とじわじわ理解した。

少し前までの自分なら、女性はわきまえた態度を取らなくてはという同調圧力に慣れ、困ったような曖昧な笑みを浮かべて黙ってしまっていたかもしれない。それが、たとえつっかえながらでも、自分の考えを主張できるようになったのは、よい変化だ、とは思った。でも……。

到着した料理を、ちゃぶ台的な小テーブルにゆっくりと並べながら、（あぁ！　一生懸命書いたつもりのことも、質問を受けて答えた言葉も、なにひとつ伝わってなかったようじゃないか！）と思った。（足りなかった、足りなかった、足りなかった。……でも、何が？　言葉が？　いや……）と手を止め、腕を組み、長々と考えこむ。

ふと気づくと、犬がケーキの表面の透明でつるつるの甘いところを、無音で熱心に舐めとっていた。あぁぁ、よそゆきのデザートがぁぁぁ！「こぉぉーらーーー！」と犬を両手で取り押さえる。

と、よく文楽を一緒に観に行く友人からLINEが届いた。友人は三日ほど前に「体調を崩して発熱外来に行き、ＰＣＲ検査を受けた」と連絡してきていたのだ。あわてて犬から手を離し、内容を確かめると、「陰性だった！」とあり、ほっとしてから力が抜けた。いろいろな後遺症が残るかもと心配していたのだ……。

この夜は、なんだか目が冴えて、めずらしく夜遅くまで起き、本を読んでいた。

# エピローグ

## 一月二十日（水）

成人の日、一月十一日。

自治体によって、式典が中止になったり、オンライン上での開催になったり、開催され、密な様子が報道されたりと、さまざまだった。沖縄県那覇市のとある区域では、濃厚接触者が参加予定らしいと、当日朝に教育委員会から連絡があり、急遽中止になってしまったりもした。

一年前のこの日。中国の武漢で、コロナによる初の犠牲者が報告された。……もっとも、前年の夏頃から感染が広がっていたとする説もあるしで、歴史の渦中にいるいまのわたしたちにはまだわからないことも多い。

ともかく、それから一年が過ぎた。

もう一年か？　まだ一年か？

それもまた、歴史の渦中にいるいまのわたしたちには、まだ何もわからない。あと数年はこの生活が続くだろうという専門家の意見も多いし、もしそうなら、ようやく一年経ったばかり、ということかもしれない。

世界全体では、すでに百九十万人が亡くなっている。

十四日。ＷＨＯの研究チームが、ようやく武漢に入れた。

武漢大学などの研究チームによると、去年五月の時点で、武漢の感染者は、当局発表の五万人よりずっと多く、十六万八千人だったという。

そして十五日。

一年前のこの日、日本国内で初の感染者が確認された。厚労相が会見し、「あのあと、世界中がこんなことになると予測できた人はわずかだったかもしれないが、それでも、我々はもっと想像力を持って対応すべきだった」などと率直な反省の意を述べた。

わたしはこのニュースを読んで、本当にそうだなぁ、としみじみ考えた。それから、去年の三月一日、エリート走者のみで東京マラソンが開催されたことを思いだし、今年はどうなるのだろうと、スマホで検索してみた。すると〝エリート走者のみで秋に延期〟ともう決まっていた。

あのころは、来年にはコロナもとっくに収まっていて、一般走者も大通りを走れるものだとばかり思いこんでいた。二〇二一年の始めがまさかこんな状態だとは、わたしは夢にも考えなかったのだ。

国内では、感染拡大を受け、愛知県、岐阜県、栃木県も国に緊急事態宣言を要請した。また、熊本県は独自の緊急事態宣言を発出している。

東京都内では、ホテル療養できず、止むを得ず自宅で寝込んでいる感染者が、今月初めに約三千人いたが、十一日にはなんと七〇三一人と急増した。

そんな中、日本政府はようやく、十一カ国からのビジネス渡航を一時停止とした……。

世界では、七日、欧州の王族では初めて、デンマークの女王であるマルグレーテ二世（八十歳）がワクチンの接種を公表した。続く九日、イギリスのエリザベス女王（九十四歳）と夫のフィリップ殿下（九十九歳）もワクチン接種を公表した。

現在、世界のワクチンの約半数を、ＥＵ、アメリカ、インドが購入している。

これについて、ＷＨＯが「一部の富める国がワクチンを独占している。低所得で高リスクな国の人々が接種できず、新たな不平等が生まれている」と非難している。

二十日。アメリカで、ジョー・バイデン新大統領の就任式が厳かに行われた。州兵二万五千人による厳重な警護のもとでのことだった。カマラ・ハリス副大統領と、元大統領夫人ミシェル・オバマ氏と、クリントン元国務長官が、共和党の赤と民主党の青を混ぜたカラーである紫のコートやワンピース姿で列席。ファッションから〝融和〟のメッセージを強く発したと評された。

バイデン大統領は、就任のスピーチで、主にこのように述べた。

「いくつもの課題を克服するため、魂を再生し、アメリカの未来を確保するためには、言葉だけでは到底足りません。はるかにたくさんのことが必要です。民主主義において何より得がたいもの、つまり結束が必要なのです。結束が」

「連帯すれば、私たちは素晴らしいことが実現できます。大切なことが。不正を正し、国民に良い仕事を提供できます。子供たちを安全な学校で教えることができます。恐ろしいウイルスを克服し、雇用を回復し、中産階級を立て直し、雇用を安定させられます。人種の平等を確保できます」

「私たちはお互いを敵対する相手ではなく、隣人として見ることができます。お互いを尊重し、敬意をこめて接することができます」

「結束がなければ平和はなく、いがみ合いと激しい怒りしかありません。進歩はなく、くたびれ果てるほどの激昂しかありません。国はなく、ただ混沌しかあり得ません。私たちは今、歴史的な危機と挑戦の時を迎えています。そして連帯こそ、前進するための道です」

「意見の不一致が、国の解体につながってはなりません。そして皆さんに約束します。私はすべてのアメリカ人の大統領になると。すべてのアメリカ人の。そして、私を支持した人と同じくらい私を支持しなかった人のためにも懸命に戦うと」

「この不穏な国内対立、このまともでない戦いを終わらせなくてはなりません。自分の心をこわばらせるのではなく、自分の魂を開けば、それは可能です。少し寛容になり、少し謙虚になれば。そして、私の母がよく言ったように、他人の靴を履くように他人の立場になってみれば。一瞬でも、相手の立場になってみてください」

「私たちはお互いを必要とします。この暗い冬を耐え抜くには、全員の力が必要です」

わたしは、このスピーチの全文を書き起こしたＢＢＣニュースの記事を、何度か読み返した。

そうか……。言葉では到底足らない、はるかに多くのものが、結束、連帯が必要、か……。就任式に関わるさまざまなニュースを追いながら、「分断された世界に融和をもたらさなければいけない。でも、融和って具体的にはなんだろうか?」とも考えた。「それは、異なる者どうしが、対話し、お互い変化しあうことなのかもしれない。相手の間違いをただ正すだけでなく、そのことによって自分も変わり、成長しなくてはいけないのでは」と。

そのために大事なことはなにか……?

わたしは、まず何より、最も弱い人、犠牲になっている人にみんなで寄り添い、その声に耳を傾けることが必要だと思った。それから、わたしたち一人一人に、社会をより良くするために実際に行動する義務があることを、もっと自覚しなきゃいけないとも思う。そして、自分とは異なる考えを持つ人、異なる文化を持つ人など、他者に対し、最大限の敬意《リスペクト》を払うことを忘れてはならない、と。

薄暗くて周りがよく見えないし、自分の心身もごわついて感じられるような、このコロナ禍の二〇二一年の初め、ともかく、手探りで探して、みつけ、少なくともこれだけは絶対あってるぞと確信し、目を閉じ、ぎゅーっと両手でわたしが力いっぱいつかんだのは、この三つの行動規範だった。

変わるんだ。もっと。

わたし。みんな。

互いに寄り添え。議論しろ。そして優しくなれ。想像力を持て。この新しい世界、アフターコロナの世界で。

いまは困難な時で、だからこそ、変革の時だ。

それは社会の変革の時であり、また、一人一人の個人の変革の時でもあり、もちろん、その二つは同じことなのだ、と……。

今日。ついさっき、お昼過ぎの時間。

川沿いの十字路を渡ろうとし、わたしは足を止めた。去年のいまごろ、きれいだなと思って写真を撮った、街路樹のボケの花が、いつのまにかまた咲いていた。花は変わらないなぁ。

今年も去年と同じように見惚れ、ついで、パシャッと写真を撮ってみた。

去年、きれいですねぇと言いあった、あの知らない女の人は、いまは傍にいない。

柔らかな風がふわっと吹き、たくさんの小さな花びらを揺らしていく。

新しい年の風、つぎの風が、ほら、こうして、もう吹いてるじゃないか。

小さな古い橋を渡る。ふと足を止める。去年、ここで飛行機雲を見上げたなぁ……。

たい焼き屋の前を通りかかる。おや、あれ以来だな、久しぶりに買い食いしてみようか。

キャップを被り、あんこたっぷりのたい焼きをかじりながら、いつもの町をゆっくり歩く。

あちこちのビルに、テナント募集の張り紙がまた増えている。その一方、一度閉店した飲食店が、個食向けに業態を変え、再オープンした看板も目立ち始めた。立ち飲み屋はコッテリ系のラーメン屋に、イタリアンレストランはカレー屋に、串カツ屋は立ち食いうどん屋に……。古い江戸文化と新しいインバウンド需要の不思議なハイブリッドだった東京の東端の下町も、一度どうっと倒れ、いまゆっくり立ちあがり、少しずつ、新しい姿に変わりつつあるのだろうか。

大通りを渡ろうと、交差点に向かう。と、視線の先を、お昼ご飯らしきテイクアウトのお弁当を片手に持ったおじいちゃんマスターが、自転車の片手運転で、しゅうーっと軽快に通り過ぎていった。

赤信号の交差点の向こう側には、〝ホテルのラウンジ〟のバリスタのお姉さんによく似た若い女性が立っている。とても風の強い日で、風に押され、わたしはちょっと目を瞑《つむ》る。信号が青になる。女性は軽快な足取りでこっちに向かってくる。

わたしも、横断歩道を、ゆっくり渡りだす。

こうやって、変わりゆく、大好きな町のどこかを、今日も、明日も、そしてそのつぎの日も……冬の終わりの冷たい向かい風をいっぱいに受けながら、わたしたち、一人、一人、いつだって、胸を張り、昨日より強く、優しくなろうとしながら、よりおおきな想像力を持たんとし、今日も、明日も、そのつぎの日も、みんなして、そう、こうやって、いさましく歩くのだ。

◎初出
プロローグ、一〜七章　「文藝二〇二一年春季号」
八〜九章、エピローグ　書き下ろし
雑誌掲載分は、単行本化にあたって加筆修正しました。

装画　鳥飼　茜
装丁　山影麻奈

## 桜庭一樹（さくらば・かずき）

1971年島根県生まれ。99年、ファミ通エンタテインメント大賞小説部門佳作を受賞しデビュー。2007年『赤朽葉家の伝説』で日本推理作家協会賞受賞。08年『私の男』で直木賞受賞。近刊『小説 火の鳥 大地編＜上・下＞』。

# 東京ディストピア日記

二〇二一年四月二〇日　初版印刷
二〇二一年四月三〇日　初版発行

著者　桜庭一樹
発行者　小野寺優
発行所　株式会社河出書房新社
〒一五一-〇〇五一　東京都渋谷区千駄ヶ谷二-三二-二
電話　〇三-三四〇四-一二〇一（営業）
〇三-三四〇四-八六一一（編集）
https://www.kawade.co.jp/

印刷　株式会社亨有堂印刷所
製本　加藤製本株式会社
Printed in Japan
ISBN978-4-309-02961-0

# ババヤガの夜

王谷晶

お嬢さん、十八かそこらで、なんでそんなに悲しく笑う――。

暴力を唯一の趣味とする新道依子は、その喧嘩の腕を買われ暴力団会長の一人娘を護衛することに。拳の咆哮轟くシスターハードボイルド！

第74回日本推理作家協会賞長編部門候補作